KB131676

# 종이로 만든 마을

**LES VILLES DE PAPIER**
by Dominique Fortier

*Les villes de papier*

# 종이로 만든 마을

◦ 에밀리 디킨슨이 사는 비밀의 집 ◦

도미니크 포르티에
임명주 옮김

비채

나의 집인 프레드와 조에에게

드넓은 초원을 만드는 데 필요한 것은
클로버 하나와 벌 한 마리,
클로버와 벌,
그리고 몽상.
벌이 없다면,
몽상 하나로도 충분하지.

에밀리 디킨슨

# 차례

## 에밀리

에밀리는 클로버와 귀리가 무성한 들판 한가운데 하얀 나무집들이 옹기종기 모여 있는 마을이다. 지붕이 뾰족한 네모난 집들엔 해가 지면 닫는 파란색 덧문이 나 있다. 가끔 새들이 굴뚝으로 빠져 그을음이 잔뜩 묻은 날개를 격렬하게 흔들며 집 안을 날아다녔다. 사람들은 새를 쫓아내는 대신 집에서 키우면서 새들의 노래를 배웠다.

에밀리 마을엔 텅 빈 교회보다 정원이 열 배는 더 많다. 평온한 나무 그늘 아래에는 초롱꽃과 버섯이 자란다. 주민들은 각자 자신이 개발한 신호로 말하기 때문에 서로를 거의 이해하지 못한다. 그래서 마주치지 않으려고 서로 피한다.

날씨가 추워지면 에밀리는 하얀 눈으로 뒤덮이고 지혜로운 박새들이 가느다란 발로 새하얀 시를 쓴다.

## 애머스트

애머스트는 매사추세츠 주에 있는 도시다. 아니, 시간과 공간이 멈춰버린 작은 마을이다.

에밀리 디킨슨이 태어난 1830년, 애머스트엔 2631명의 주민이 살고 있었고 시카고는 존재하지도 않았다. 에밀리 디킨슨이 세상을 떠난 지 사 년이 지난 1890년, 시카고의 인구는 109만 9850명이 되었고 애머스트는 5000명에서 한 명 부족한 4999명이었다.

유서 깊은 디킨슨 가문이 수세대를 거쳐 터를 일구었던 애머스트는 교양과 품위를 갖춘 곳이다. 명칭은 제프리 애머스트 1대 남작의 이름에서 따왔다. 애머스트 남작은 천연두에 걸린 환자들이 덮었던 담요를 아메리카 원주민들에게 제공해 '야만인'들을 신속하게 말살하자고 제안한 인물이다.

더 좋은 이름을 선택해야 했다.

무한정으로 생성, 복제되는 이미지에 포위되어 살고 있는 오늘날에 미국에서 가장 위대한 시인 중 한 명인 에밀리 디킨슨의 사진이 단 한 장밖에 존재하지 않는다는 사실은 생각해보면 놀라운 일이 아닐 수 없다. 그것도 열여섯 살 때 찍은 사진이다. 이 유명한 사진 속 시인은 창백한 데다 아주 야위었다. 긴 목에는 검은색 벨벳 리본을 둘렀으며, 사이가 멀고 검은색 눈동자를 갖춘 두 눈엔 차분한 긴장감이 느껴진다. 입술에는 아직 옅은 웃음의 흔적이 남아 있다. 머리는 가운데 가르마를 타서 뒤로 가지런히 묶었고, 옷은 소박한 줄무늬 원피스를 입었다. 옷깃은 하얗고 허리에는 주름이 잡혀 있다. 왼손에 뭔가 들고 있는데 꽃처럼 보인다. 옆에 있는 탁자에는 책이 놓여 있다. 제목은 보이지 않는다. 다른 사진은 없다. 더 어렸을 때나 더 나이 들어 찍은 사진이나 다른 장소에서 찍은 사진, 전신이 나온 사진은 어디에도 없다. 어쩌면 사라졌거나 폐기됐을 것이다. 에밀리는 다리가 없다. 절대 다리를 갖지 못할 것이다.

에밀리 디킨슨은 영원히 그 얼굴, 아니, 그 가면으로

기억될 것이다.

에밀리 디킨슨은 새하얀 백지, 텅 빈 장막이다. 에밀리가 인생 말년에 파란색 옷만을 입기로 마음을 바꿨다고 해도 우리는 여전히 그에 대해 아는 것이 없을 것이다.

에밀리 엘리자베스 디킨슨은 다섯 살 때 보스턴에 사는 친척 집에서 며칠 보낸 적이 있다. 마차를 타고 친척 집에 가는 길에 비바람이 거세게 불었다. 새까만 하늘에 번개가 치고 차창에 자갈이 떨어지는 것처럼 무서운 소리로 비가 내리쳤다. 숙모가 어린 에밀리를 안심시키려고 끌어안았다. 에밀리는 무섭지 않았다. 오히려 번개에 매혹되어 차가운 차창에 이마를 대고 혼잣말을 했다.

"불이다."

친척 집은 창문이 너무 높아 에밀리가 까치발을 해도 하얀 하늘밖에 보이지 않았다. 에밀리는 침대 위로 올라갔다. 건너편 거리가 눈에 들어왔다. 나무 두 그루가 쌍둥이처럼 나란히 서 있고 사람들이 바삐 오갔다.

에밀리가 조심스럽게 팔짝 뛰었다. 한 번 더. 또 한 번 더. 뛸 때마다 더 높이 올라갔다. 거위 털 매트리스가 에밀리의 무게로 푹 들어갔다. 길거리도 에밀리와 같은 리듬으로 뛰었다. 작게 보이는 사람들 역시 흔들리는 상자 속 장난감 병정들처럼 마구 튀어 올랐다.

"엘리자베스!"

숙모가 문 앞에 서 있었다. 화가 난 듯했다. 에밀리는 뛰던 것을 멈추고 짧은 다리로 똑바로 서서 큰 목소리로 야무지게 말했다.

"에밀리라고 불러주세요."

티티새 한 마리가 날아와 창턱에 앉았다. 에밀리가 창턱에 놓아둔 빵 부스러기를 발견한 것이다. 티티새의 배는 오렌지처럼 동그랗게 부풀어 있었다. 크리스마스 이브에 벽난로에 매다는 양말이 길게 늘어지도록 양말 속에 넣어두는 오렌지처럼.

티티새는 빵 부스러기를 하나 꿀꺽 삼키더니 새들에 관한 아주 긴 이야기를 지저귀기 시작했다. 지렁이, 변덕스러운 암새, 그리고 묵주처럼 나란히 놓여 있던 푸르스름한 새알 중 불가사의하게 사라져버린 단 하나의 알에 관한 이야기였다. 에밀리는 흥분해서 두 눈을 반짝이며 머리를 기울이고 새의 이야기를 들었다. 에밀리도 엄지와 검지로 빵 부스러기를 집어서 입으로 가져갔다. 그날 먹은 것 중에서 가장 맛있는 식사였다.

에밀리가 잘 억누르지 못하는 것이 하나 있다. 바로 욕심을 부리는 일. 그 때문에 식으라고 놔둔 타르트를 몰래 한쪽 훔쳐 먹기도 하고 아버지의 서가에서 금지된 책을 슬쩍하기도 했다. 어머니는 매번 같은 벌을 내렸다. 아이들이 놀 만한 것이 하나 없는 방에 한동안 혼자 있게 했다. 하지만 벌을 받고 방에서 나온 에밀리가 잘못을 뉘우치는 기색을 보인 적은 한 번도 없었다. 방에서 혼자 생각할 시간을 주는 것이 벌이 된다고 생각한다면 에밀리 디킨슨을 잘 모르는 것이다.

에밀리가 하루라도 장난이나 못된 짓, 나쁜 생각을 하지 않고 지나는 날이 있다면 그 완벽한 하루로 인생 전체를 속죄받을 수 있을 것이다. 하지만 에밀리는 착한 사람이 되고 싶지 않았다. 데이지꽃은 착하지 않다. V자로 하늘을 날아가는 기러기들도 마찬가지다. 그래서 더 좋다. 겨자꽃처럼 야생적이며 잡초처럼 거세고 고약하니까.

정원에서 꽃들이 두런두런 얘기하는 소리가 들렸다. 바이올렛 하나가 꽃잎이 쭈글쭈글해졌다고 상심했다. 다른 바이올렛은 커다란 해바라기 때문에 머리에 그늘이 졌다고 불평했고 세 번째 바이올렛은 옆에 있는 꽃의 꽃잎을 탐냈다. 작약 두 송이는 개미들을 쫓아낼 방법을 모의했고 기다랗고 창백한 백합은 땅이 축축해서 발이 찼다. 가장 큰 고통을 느끼는 꽃은 장미였다. 벌들이 신경 쓰이고 햇살이 강해 불편했다. 심지어 자신의 향기에 취해 어지러움증을 느꼈다.

민들레만 아무 불평이 없다. 살아 있는 것만으로도 행복했다.

버드나무 바구니에는 오후에 아이들이 딴 꽃들이 담겨 있다. 아버지가 하얀 손가락으로 팬지꽃을 집어 들고 목사님 같은 목소리로 설명했다.

"꽃을 오래 보관하려면 먼저 꽃을 말려야 한단다."

아버지가 손에 쥔 꽃은 이미 시들어 있었다. 아버지는 꽃을 다시 내려놓고 서가 한가운데에 1권부터 21권까지 순서대로 꽂혀 있는 브리태니커 백과사전 중 한 권을 꺼내 조심스럽게 페이지를 넘겼다.

"몇 달 후에 꽃의 수분이 종이에 다 흡수되면 식물 표본집에 붙일 수 있단다."

에밀리는 아무 말도 하지 않았지만 속으로 놀랐다. 책이 꽃에 있는 물을 마신다고?

아버지는 계속해서 선생님처럼 말했다. 뭔가를 가르칠 때는 언제나 그런 어조였다. 다시 말해 항상 선생님처럼 말을 한다는 뜻이다.

"표본을 어디에 두었는지 기억하려면 모두가 아는 날짜로 쪽수를 고르는 것이 좋단다. 이를테면…… 백년전쟁이 언제 시작했지?"

아버지가 답을 기다렸다.

"1337년이요."

오스틴, 라비니아, 에밀리가 한목소리로 대답했다.

오스틴과 라비니아는 책을 빼서 책갈피 사이에 조심스럽게 꽃잎을 넣으며 "독립선언" "로마제국의 멸망" "어머니 생일"이라고 중얼거렸다.

그런데 에밀리는 오빠와 여동생과는 달리 영어사전에 아무렇게나 집어넣는 것처럼 보였다. 아버지가 인상을 찌푸렸다.

"그렇게 아무 데나 넣으면 나중에 어떻게 찾으려고 그러니?"

에밀리는 미소를 지었다.

"저는 다 기억할 수 있어요."

몇 달 뒤 한겨울에 디킨슨 삼 남매는 아버지의 서재에서 여름 꽃을 찾았다. 에밀리는 망설이지 않고 사전을 펼쳤다. 오스틴과 라비니아가 숫자들을 중얼거리는 동안, 에밀리는 마법의 주문을 외우는 것처럼 단어 하나만을 외쳤다.

"재스민!"

재스민이 나타났다.

에밀리가 사전의 표제어에 삽화를 만든 것이다.

에밀리는 박하잎, 장미, 캐모마일을 함께 모아 어머니에게 드렸다. 이것들은 표본집에 넣지 않는다. 부엌에 매달아 말리고 겨울에 차를 우려 마실 것이다.

에밀리는 여름이 끝날 무렵에 새들에게 훔친 씨앗을 조그만 주머니에 넣어 소중히 보관했다. 주머니는 곧 정원이 될 것이다.

어머니는 부엌에서 저녁을 준비하고 딸들은 식탁을 차렸다. 아버지는 벌써 자리를 잡았다. 상석에 앉아 식사가 나오기를 기다리는 중이다. 라비니아가 매일 사용하는 포크와 나이프를 놓으면 에밀리가 뒤이어 파란색 무늬가 들어간 흰색 접시를 놓았다.

"얘야!"

자기 앞에 놓인 접시를 보고 아버지가 에밀리를 불러 세웠다.

"네, 아버지."

"왜 나는 항상 이가 빠진 접시로 먹어야 하는지 알고 싶구나."

에밀리는 다시 돌아와 눈을 크게 뜨고 접시를 살폈다. 아버지 말이 맞았다. 아버지 앞에 놓인 접시에 아주 작은, 손톱의 반월만큼 작은 곳에 광채가 없었다.

"죄송해요, 아버지."

에밀리는 문제의 접시를 집어 들고 조용히 식당과 부엌을 가로질러 정원으로 나갔다. 커다랗고 납작한 돌이 눈에 들어왔다. 에밀리는 접시를 그 돌에 떨어뜨렸다. 접시가 산산조각 났다. 에밀리는 절도 있는 걸음으로 다시 돌아와 아버지에게 말했다.

"다시는 그럴 일이 없을 거예요."

아버지는 에밀리의 행동에 너무 놀라 아무 말도 하지 못했다.

왁스로 잘 닦인 식탁에 아버지의 얼굴이 비쳤다. 식탁에 비친 아버지의 형상도 의자에 앉은 실제의 아버지만큼 놀랐다. 풀밭에 흩어진 접시 파편들은 사라진 문명의 유적처럼 보였다.

"눈이 왔어!"

오스틴이 가장 먼저 일어나 에밀리와 라비니아의 방으로 뛰어갔다. 눈이 왔다는 소리를 듣고 라비니아도 벌떡 일어나 창문으로 갔다. 정원이 온통 새하얀 천으로 덮여 있었다. 나뭇가지는 흰 띠 장식 같았다.

세 아이들은 계단을 뛰어 내려가 부츠, 코트, 모자, 숄을 부산스럽게 챙겨 입었다. 계단 아래에서 아버지가 아이들을 못마땅하게 쳐다봤다. 뭐라고 하지는 않았지만 커다란 괘종시계처럼 엄숙한 표정으로 바라보았다. 그래도 아이들은 흥분을 억누를 수 없었다.

아직 아무도 밖으로 나오지 않았다. 오스틴, 에밀리, 라비니아가 처음으로 정원의 흰 캔버스를 밟을 것이고 미로처럼 서로 얽힌 세 개의 좁은 길을 만들 것이다. 아이들이 눈을 뭉쳐 눈싸움을 시작했다. 눈덩이가 아이들의 검은색 코트 위에서 밀가루 폭죽처럼 터졌다.

에밀리는 숨이 차서 눈밭에 등을 대고 누웠다. 그러고는 두 팔을 벌려 위아래로 움직였다. 두 다리도 오므리고 벌리기를 반복했다. 눈 천사가 만들어졌다. 오스틴이 에밀리 오른쪽으로 와서 누웠다. 라비니아도 반대쪽에 누웠다. 서로 손을 잡고 이어진 종이 인형들처럼 세 명의 천사가 눈 위로 내려왔다.

눈이 또 내렸다. 눈송이는 아이들의 빨간 볼에 닿자마자 녹았다. 아이들의 눈썹이 설탕가루가 묻은 것처럼 하얗게 변했다. 아이들이 일어났다. 하지만 세 명의 작은 천사들은 눈 위에 그대로 누워 있었다.

***

세월이 많이 흐른 어느 12월 아침 에밀리는 창밖을 내다보다가 아홉 살, 일곱 살, 다섯 살 아이들의 환영을 봤다. 아이들은 이제 이 세상에 없다. 땅에 묻어버린 것처럼 흔적도 없이 사라졌다. 그해의 첫눈이 내리던 날, 에밀리는 울음을 터뜨렸다.

***

오티스 앨런 불러드*가 그린 디킨슨 삼 남매의 초상화를 보면 아이들이 어른의 얼굴을 하고 있다는 인상

* Otis Allen Bullard, 1816~1853. 미국의 화가.

을 받는다. 어른 한 사람의 얼굴, 어쩌면 어머니나 아버지의 얼굴을 세 명의 아이 얼굴로 변주해서 그린 것은 아닐까? 아니면 어른들을 아이의 크기로 축소한 그림은 아닐까? 그런 생각이 들게 한다. 진지한 시선, 긴 코, 옅은 미소. 세 아이는 마치 한 사람처럼 보인다. 오스틴은 하얀 깃이 달린 검은색 옷을 입었고 라비니아와 에밀리는 목에 레이스가 달린 원피스를 입었다. 라비니아의 옷은 옥색이고 에밀리의 옷은 좀 더 진한 녹색이다. 세 아이 모두 짧은 머리를 하고 한쪽으로 가르마를 탔다. 여자아이들은 아마 머리를 뒤로 넘겨 묶었을 것이다. 현대인의 눈으로 보면(어쩌면 당시 사람의 눈에도) 세 명의 죽은 아이들을 기억하기 위해서 그린 그림처럼 보인다. 아니면 건강하게 자란 형제의 모습을 모델로 죽은 한 아이를 그린 것이거나.

물론 삼 남매는 모두 잘 커서 어른이 되었고 셋 중에 한 명은 아이도 낳았다. 어쩌면 삼 남매 초상화가 우리에게 전하는 것은 어른이 된다고 해도 아이를 죽음으로부터 구해낼 수는 없다는 사실인지도 모르겠다.

할아버지 새뮤얼 디킨슨이 메인스트리트에 지은 저택 '홈스테드' 앞을 삼 남매가 지나고 있었다.

"여기서 네가 태어났어."

오스틴이 에밀리에게 말했다.

에밀리도 알고 있었다. 삼 남매 모두 여기서 태어났다. 에밀리는 죽을 때도 여기서 죽을 거라고 생각했지만 입 밖으로 꺼내지는 않았다.

"애머스트에서 처음으로 벽돌로 지은 집이야."

그것도 알고 있었다. 열 살 때까지 살았던 홈스테드는 에밀리에게 낯선 곳이 아니다. 할아버지가 홈스테드를 팔아야 했을 때 디킨슨 가족이 느꼈던 수치심과 모욕감, 치욕은 이루 말할 수 없었다. 심지어 저택을 매입한 상인 가족과 몇 년 동안 같이 살아야 했다. 저택 서편에 디킨슨 가족이, 동편에는 맥 가족이 살았다. 에밀리는 복도에서 맥 가족과 맞닥뜨릴 때마다 창문으로 몰래 들어온 침입자나 유령을 본 것처럼 깜짝 놀랐다. 이 낯선 사람들이 우리 집에서 뭘 하는 거지?

에밀리는 여전히 아주 사소한 것까지 생생하게 기억하고 있다. 밝은색 마룻바닥에서 나는 왁스 냄새, 열려 있는 아버지의 서재 덧문 틈새로 들어와 책등에 인쇄된 금박 글자들을 간질이는 햇살, 오스틴과 우유병에 묻은 크림을 핥아 먹었던 치즈 보관실의 어두운 불빛, 서늘한 지하창고에서 나는 순무와 양파 냄새, 빛이 가득 들어오는 자신의 방까지. 모두 기억하고 있다.

에밀리는 이 집에서 다시 살게 되리라고 생각했다. 에밀리가 옳았다. 에밀리의 아버지는 1855년에 자신의 부친이 지은 홈스테드를 다시 매입했다. 물론 이번에는 저택 전체가 디킨슨 가족의 것이었다. 아버지는 홈스테드를 다시 손봤다. 벽돌 외관을 바닐라색으로, 덧문은 진한 청록색으로 칠했다. 유리 온실도 만들었다. 에밀리는 그곳에 희귀한 화초를 심었다. 에밀리의 변덕스럽고 기상천외한 취미이자 특기였다.

에밀리는 스물다섯에 홈스테드로 다시 돌아와 십오년이라는 잃어버린 시간을 한순간에 만회했고 되찾은 어린 시절의 집을 다시는, 절대 잃지 않겠다고 다짐했다. 집과 어린 시절 모두.

스물다섯에 홈스테드로 다시 돌아온 에밀리는 자신이 가장 사랑하는 가족은 아마 집이 아닐까 생각했다.

에밀리는 열 살 때부터 스물다섯이 될 때까지 플레전트 거리에서 살았다. 집 맞은편에 묘지가 있었다. 한 달에도 몇 번씩 창문 너머로 장례 행렬이 지나갔다.

집에서 멀지 않은 곳에 판자로 만든 헛간이 있었다. 곡물 창고나 마구간으로 사용하기에는 너무 작아서 디킨슨 가족은 젖소 한 마리를 키웠다. 이름이 도로시였다. 긴 속눈썹을 가진 도로시는 아침저녁으로 우유와 크림을 제공했다. 그 옆 칸에는 듀크라고 불리는 적갈색 말이 살았다. 에밀리의 아버지는 외출할 때 듀크를 마차에 매고 나갔다. 그웬, 렌, 에드위그라는 암탉 세 마리는 이틀에 한 번씩 달걀을 낳았고 좁은 닭장에서 시끄럽게 울어대는 암탉들을 수탉 펙이 매의 눈으로 감시했다. 돼지도 한 마리 있었는데 이름은 없었다. 여름 내내 다듬고 남은 채소나 먹다 남은 음식처럼 부엌에서 나온 쓰레기를 먹여 살을 찌웠고 가을에 멱을 따서 소시지, 구이, 갈비를 만들어 새해까지 먹었다.

에밀리는 한 가지 배웠다. 무엇이든 이름을 붙여주는 것이 중요하다는 사실을.

나는 몇 달 전부터 에밀리 디킨슨의 시와 편지를 다시 읽고 있다. 시인과 작품에 관한 연구 서적을 열람하고 인터넷에서 홈스테드와 그 옆에 있는 '에버그린스', 그리고 시인이 살았던 시대의 애머스트 사진을 찾았다. 나에게 애머스트는 종이로 된 마을이었다. 그렇게 종이 마을로 남기는 것과 좀 더 좋은 글을 쓰기 위해 이제는 박물관이 된 홈스테드와 에버그린스를 직접 방문하는 것 중 무엇이 나을지 아직 결정하지 못했다. 달리 말하자면, 생가를 있는 그대로 묘사하기 위해 직접 보고 경험을 하는 것이 좋은지, 아니면 상상력을 동원해 새로 창조하는 것이 좋은지 갈피를 잡기 힘들었다. 나는 왜 네 시간만 운전하면 도착하는 홈스테드에 가기를 이토록 주저하는 것일까? 언제부터 책 안으로 들어가는 것을 두려워했을까? 내가 주저할수록 여름의 흔적은 점점 희미해지고 에밀리의 정원에는 마른 나뭇가지와 시든 꽃밖에 남지 않을 텐데. 하지만 어쩌면 그곳은 그런 모습으로 발견되어야 하는지도 모른다. 8월 한여름의 미치도록 울창한 모습이 아니라.

에드워드 디킨슨은 아이들을 엄격하게 대했다. 크리스마스라고 다를 바 없었다. 엄격하게 대하는 것이 오히려 아이들에게 호의를 베푸는 것이라고 생각했다. 팝콘과 말려서 얇게 썬 사과 조각, 하얀색 종이에서 오려낸 눈송이로 장식한 크리스마스 트리 아래에는 아이들에게 줄 선물이 놓여 있었다. 갈색 포장지로 싸서 노끈으로 묶은 그 선물들은 원래 우체국으로 보내려다 막판에 생각을 바꿔 보내지 않은 소포처럼 보였다.

아이들이 첫째부터 막내까지 한 명씩 앞으로 나와 선물과 오렌지, 막대사탕을 받았다. 아이들이 받은 선물을 보면 선물한 사람이 어떤 사람인지 짐작하게 해준다. 에드워드 디킨슨은 아이들은 딸이라고 해도 오냐오냐 키워서는 안 된다고 생각하는 사람이었다. 그래서 디킨슨 집에서는 인형은 찾을 수 없고 대신 책과 판화가 넘쳐났다.

올해 오스틴은 필기구 세트를 받았다. 깃털 펜, 펜나이프, 잉크병, 편지지, 봉투, 압지, 가죽 깔개까지 빠진 것 없이 다 갖춰진 고급스러운 필기구 세트였지만 요란하지 않고 우아했다. 오스틴이 펜 나이프 끝을 만지작거렸다. 다른 집 아이들 같았으면 장난감 병정의 총검 끝을 만지작거리고 있었을 것이다.

에밀리가 아버지 앞으로 가서 무릎을 구부리고 인사를 했다. 아버지는 축복을 내리는 것처럼 딸의 머리에 손을 얹었다. 어머니는 딸 이마에 입맞춤을 했다. 입술이 이마에 닿을 듯 말 듯해서 에밀리는 어머니의 입술을 거의 느끼지 못했다. 부모님이 에밀리를 위해 고른 선물을 건넸다. 긴 원통 같은 것이었다. 에밀리는 무엇일까 생각하며 손으로 만져보다가 포장지가 찢어지지 않도록 조심스럽게 끈을 풀었다. 포장지를 벗기자 파이프처럼 생긴 물건이 나왔다. 두 손을 합한 길이 정도 되고 한쪽 입구는 다른 쪽 입구보다 약간 더 컸다. 그리고 양쪽 끝에 금테가 둘려 있었다.

"망원경이다!"

에밀리가 큰 소리로 말했다.

"비슷하단다."

아버지가 말했다.

"한번 들여다봐."

오스틴이 재촉했다.

처음에는 아무 의미 없는 색깔들만 보이더니 차차 색들이 움직이고 조각조각 나란히 붙은 영롱한 보석들이 되었다. 크리스마스 트리 같기도 했지만 무수한 조각으로 나뉘어 있었다. 에밀리가 고리를 돌리자 조각들은 해체되고 섞이고 뒤집히고 쪼개지면서 익숙하지만 동시에 비현실적인 이미지들을 보여주었다. 에밀리는 손에서 떨어뜨려 깨진 집을 다시 붙이기라도 하려는 듯이 고리를 마구 돌렸다.

에밀리는 어지러움을 느꼈다. 세상을 그대로 포착해 알아볼 수 없는 이미지로 만들어버리는 이 이상한 물건에서 눈을 뗐다. 라비니아가 자신의 선물 포장을 풀고 예쁜 바느질 상자를 꺼내고 있을 때 에밀리가 아리송한 말을 했다.

"책은 이미 많은데……."

"에밀리, 무슨 소리냐! 책이 아니잖니."

어머니가 혀를 끌끌 찼다.

어머니에게 어떻게 설명을 해야 할까? 물론 이것은 책이 아니다. 하지만 그 반대 역시 사실이 아니다.

오스틴만이 에밀리가 무슨 말을 하는지 이해하고 동생에게 눈을 찡긋했다. 오스틴과 에밀리는 말하지 않아도 서로를 이해했다. 오스틴이 선물 받은 필기구로 처음 쓴 편지의 수신자 역시 에밀리였다. '우리 집안의 안주인에게'로 시작하는 편지였다. 에밀리는 만화경을 눈에 대고 집 안 곳곳을 돌아다니며 하나씩 하나씩 해체시켰다. 부엌, 거실, 식당, 자신의 방이 에밀리의 손가락 아래서 조각나 빙글빙글 돌았다.

***

에밀리의 책장에 있는 책들은 차렷 자세를 한 병사들처럼 줄을 맞춰 반듯하게 꽂혀 있다. 새에 관한 책과 패류貝類에 관한 책, 태양계에 관한 책이 있다. 수성, 금성, 지구, 화성, 목성, 토성, 천왕성……. 셰익스피어 전집과 모든 진실을 담은 성경도 보인다.

에밀리의 방에 이 모든 것이 있었다. 아니, 그 이상이 있었다. 아직 존재하지 않는 모든 것이 빈 공책들에 쓰이기를 기다리고 있다는 사실을 아무도 몰랐다. 새, 나무, 행성이 비밀의 방과도 같은 에밀리의 머리를 꽉 채우고 있었다.

에밀리는 애머스트 아카데미에서 공부했다. 애머스트 아카데미는 명망가였던 할아버지 새뮤얼 디킨슨이 창립했고 에밀리의 아버지가 오랫동안 학교의 재무를 담당했었다. 애머스트에서 에드워드 디킨슨의 관여 없이 이루어지는 사업이나 거래는 없었다. 그의 영향력은 미연방 하원 의원으로 선출되면서 주 경계를 넘어섰다. 십여 년 전에 새뮤얼 디킨슨도 상원의원을 지낸 바 있다. 애머스트 아카데미에서 수학한 후에 하버드 법과 대학에 진학한 장남 오스틴 디킨슨 역시, 자연스럽게 할아버지와 아버지가 걸었던 길을 걸었다.

디킨슨 가문의 여자들은 어떨까? 에밀리의 어머니 에밀리 노크로스는 식물을 아주 잘 키운다고 정평이 나 있었다. 라비니아는 자수를 잘 두었다. 장녀 에밀리는 어머니의 재능을 물려받아 난초의 꽃을 피울 줄 알았다.

에밀리 디킨슨이 사춘기에 만든 식물 표본집은 현재 하버드 대학교 휴턴 도서관에 소장되어 있다. 사람들의 손때가 타지 않도록 모두 디지털화해서 온라인에서 볼 수 있다.

66쪽에 달하는 표본집에는 424개의 꽃과 식물 표본이 수집되어 있는데 과학적인 기준보다는 심미적인 고려를 우선해서 배치한 것처럼 보인다. 백오십 년 전에 딴 꽃의 색깔이 옅게 남아 있는 것도 있다. 특히 노란색 계열이 세월의 무게를 잘 견뎌냈다. 황금색은 황토색으로, 겨자색은 적갈색으로 변했지만 우리의 눈은 알아서 자연스럽게 데이지꽃의 노란 수술을 상상해낸다. 잎사귀는 마치 세월의 재를 뒤집어써서 회색으로 변한 펠트 천처럼 보인다.

식물 표본집을 책을 읽듯 왼쪽에서 오른쪽으로, 위에서 아래로 감상하자면 재스민부터 시작하게 된다. 재스민은 향수의 여왕이라 불릴 정도로 향수 제조에 많이 사용되는 두 가지 꽃 중 하나이고 옛날부터 사랑과 욕망을 상징했다. 전설에 따르면 클레오파트라가 배를 타고 마르쿠스 안토니우스를 만나러 갈 때 재스민 농축액에 돛을 적셨다는 전설이 있다. 하지만 나는 재스민이 표본집의 첫머리를 차지할 자격은 화려한 역사적 배경이 아니라 일상에서 매일 사용한다는 소박함에서 비롯된다고 생각한다. 뜨거운 물에 찻잎을 넣어 놀랍도록 향긋한 꽃향을 우려내는 것 말이다.

두 번째는 쥐똥나무다. 쥐똥나무의 하얀 꽃은 향기가 감미롭다. 열매는 검은색인데 독성이 있다. 열매에서 추출한 염료는 오랫동안 묵주의 알을 검게 물들이는 데 사용되었고 채색공들이 쓰는 보라색 잉크를 만드는 데도 사용되었다.

톱니 모양으로 생긴 커다란 잎사귀 콜린소니아 카나덴시스Collinsonia canadensis가 첫 장의 중앙을 차지하고 있다. 영어로 '호스 밤'이라고도 불리는데 '말을 치료하는 약' 정도로 해석할 수 있다. 박하와 비슷한 향이 나고 기관지에 문제가 있을 때 증상을 완화시키는 효과가 있다고 알려져 있다. 에밀리가 식물 표본집을 만들기 수백 년 전에, 청교도 조상들이 신세계에 지상 왕국을 세우기 위해 배에서 내리기도 훨씬 전에, 초기 식민 개척자들이 엄동설한에 눈밭에서 자면서 괴혈병으로 죽어갈 때 매사추세츠족 원주민들이 치료를 위해 사용한 약초 중 하나였다. 콜린소니아 카나덴시스는 사람의 목숨을 살리는 식물이라 할 수 있다.

왼쪽 하단에 재스민이 하나 더 있고 그 옆에 말굽 갈퀴나물이 있다. 진줏빛 연약한 날개를 가진 초크힐블루 나비Polyommatus coridon의 유일한 식량이다.

스스로도 몰랐겠지만 에밀리는 이미 그때 작가가 되어 있었다. 아니면 알고 있었을까? 에밀리는 식물 표본집 첫 장에 작가에게 필요한 것들을 모아놓았다. 글을 쓰고 그림을 그리는 데 필요한 잉크의 염료를 만들고, 불을 밝히고, 나비를 유혹하고, 추위를 이길 수 있게 해줄 연고가 되는 식물과 차를 우릴 수 있는 꽃으로 첫 장을 장식한 것이다.

자신이 채집한 식물들처럼 에밀리도 책 속에서 겨울을 났다.

에밀리가 거실에서 커다란 괘종시계를 마주 보고 서 있다. 에밀리와 시계 모두 길쭉하고 꼿꼿하고 매끄럽다. 시계의 호두나무 통 안에는 톱니바퀴 장치가 숨겨져 있고 하얀 얼굴에는 가느다란 바늘이 돌고 있다. 무거운 황금색 추가 무릎께에서 왔다 갔다 왕복했다. 에밀리의 심장이 뛰었다. 에밀리는 파란색 옷을 입고 있었다. 얼굴빛과 어울리는 색은 아니지만 신경 쓰지 않았다. 옷은 모두 불편했다. 마로 만든 속바지는 까끌까끌하고 레이스는 목을 간질이고 벨벳은 너무 부드러워 몸서리가 쳐졌다. 할 수만 있다면 에밀리는 옷을 다 벗고 다녔을 것이다. 아니면 괘종시계처럼 호두나무나 마호가니 나무로 만든 통을 입었을 수도 있다. 열세 살이 되도록 에밀리는 시간을 볼 줄 몰랐다. 에밀리는 시계 보는 법을 배우기를 완강하게 거부했다.

에밀리는 시곗바늘에서 눈을 떼지 않았다. 단 일 초라도 시선을 돌리면 괴물이 자신을 집어삼킬지도 몰랐다. 모래시계에는 모래가 들어 있고 물시계에는 물이 찰랑거리고 괘종시계에는 시간이 가득하다.

모든 시간이 한꺼번에 쏟아졌다. 열에 들뜬 시간, 잠

이 오기를 기다리며 잃어버린 시간, 악몽을 꾸는 시간, 긴 침묵의 시간, 자신이 태어난 시간과 세상을 떠나는 시간이 기나긴 끈이 되어 에밀리의 목을 조여왔다. 에밀리는 숨을 참았다. 시곗바늘이 미세하게 움직였다. 종소리가 울려퍼졌다. 교회 종소리처럼 귀가 먹먹할 정도로 크게 울렸다. 세상이 구원받았다. 에밀리는 까치발로 뛰어나갔다. 괘종시계는 계속해서 남겨진 시간을 가리켰고 에밀리는 여전히 시간 보기를 거부했다.

나는 여러 해 동안 바다에 갈 때마다 파도가 둥글둥글하게 깎아놓은 푸른빛이 도는 유리돌과 마노석을 집으로 가져와서 서재의 책장 여기저기에 올려놓았다. 지금 하얀색, 적갈색, 겨자색, 사프란색 돌들을 보고 있자면 가을 햇살을 받으며 해변을 걸었던 시간이 굳어져 돌이 된 것 같은 느낌을 받는다. 수액이 굳어 노란 보석이 되는 것처럼. 그 시간이 지금 내 손안에 있다.

에밀리의 사촌이자 가장 친한 친구인 소피아 홀랜드가 바닷가에서 여름을 보내고 돌아왔다. 소피아의 창백한 피부가 조금 그을려 황금빛으로 빛났지만, 눈 밑은 여전히 푸르스름하고 볼은 움푹 패어 있었다. 하지만 눈만은 반짝반짝 빛났다. 하얀 옷을 입은 소피아는 놀라울 정도로 아름다웠다.

소피아가 말했다.

"너에게 줄 게 있어."

"뭔데?"

"맞혀봐."

에밀리가 눈을 감고 손을 내밀었다. 소피아가 에밀리의 손에 조약돌처럼 납작하지만 더 가볍고 동그란 뭔가를 올려놓았다. 에밀리는 손가락 끝으로 질감을 느꼈다. 물에 젖었다가 마르면 딱딱해지는 벨벳처럼 약간 까칠까칠했다. 한쪽 면은 가운데가 조금 봉긋하게 솟아 있고 표면에는 거의 느껴지지 않을 정도로 작은 홈이 파여 있었다.

에밀리는 모르겠다고 말하며 눈을 떴다.

"모래 동전이야."

에밀리는 모래 동전이라는 것을 자세히 살폈다. 볼록한 면에 잎이 다섯 장인 꽃이 그려져 있었다. 아니면 별을 새긴 것일까?

"조개야?"

"아니, 성게야. 연잎성게! 하지만 가시는 없어."

"살아 있어?"

에밀리는 혹시 심장이 뛰지 않을까 해서 귀에 연잎성게를 가까이 갖다 댔다.

"아닐 텐데, 모르겠어. 살아 있을 수도 있어."

"나도 너에게 줄 것이 있어."

에밀리가 호주머니에서 작은 마분지를 꺼냈다. 마분지에는 네 잎 클로버가 붙어 있다. 에밀리의 가장 소중한 보물이었다.

"행운을 가져다준대."

소피아가 진지한 얼굴로 고개를 끄덕였다.

그날 밤, 에밀리는 모래 동전을 손에 꽉 쥐고 잠들었다. 꿈에서 모래 동전으로 신기한 것들을 살 수 있는 나라에 갔다. 에밀리는 흉내지빠귀의 울음소리, 첫눈, 절대 마르지 않는 잉크병, 그리고 더 살 수 있는 날들을 샀다.

오스틴과 에밀리는 지도책을 펼쳤다. 마음만 먹으면 남매는 강을 건너고 국경을 뛰어넘을 수 있었다. 에밀리가 꿈꾸는 유일한 여행 방식이었다. 모르는 나라가 나오는 지도도 있었고 익숙한 이름이 나오는 지도도 있었다.

"애머스트에서 보스턴으로 가려면 스프링필드, 레스터, 우스터, 린든, 월섬을 지나야 해."

오스틴이 에밀리에게 자세하게 설명해주었다.

에밀리는 오빠가 말한 도시들을 지도에서 손가락으로 짚어가며 도시 이름을 따라 말했다.

"그런데 이 도시는 존재하지 않아."

오스틴이 손가락으로 린든을 짚었다.

에밀리는 의아한 표정으로 오빠를 쳐다보았다. 분명히 린든이라는 글자가 다른 도시의 이름처럼 똑같이 적혀 있는데. 지도가 거짓말을 한다는 건가?

"지도에만 존재하는 도시야. 내가 스무 번 넘게 지나간 길이라 잘 알고 있어. 자그마한 숲과 옥수수밭이 다야. 오두막 하나 없는 곳이야."

"그럼 왜 린든이라고 적혀 있는 거야?"

에밀리가 오빠에게 물었다.

"린든은 종이 마을이야. 지도를 제작하는 사람들이 만들어낸 마을이지. 자기들이 제작한 지도를 다른 사람들이 훔치지 못하게 하려고 일부러 적어놓은 거야."

"마을을 훔친다고?"

에밀리는 정말 이상하다고 생각했다.

"마을을 훔치는 게 아니라 마을 이름과 지도를 훔치는 거야. 이 지도를 만든 사람들이 린든이란 마을이 있는 지도를 발견하면 자기들의 지도가 도둑맞았다는 것을 알 수 있게 돼. 표절의 증거가 되는 거지."

오스틴이 에밀리에게 설명해주었다.

"종이 마을……."

에밀리는 한 번 더 되뇌었다.

에밀리의 방 여기저기에 책더미가 쌓여 있다. 책 속에는 세상의 모든 나라가 있다. 하늘의 별, 나무, 새, 거미, 버섯. 그리고 셀 수 없이 많은 사실과 허구의 나라들이 들어 있다. 책 속에 또 책이 있다. 거울의 방처럼. 서로를 비추는 거울 속에서 사람은 조금씩 작아지고 저 끝에 있는 거울에 가서는 개미만큼 작게 보인다.

책 한 권에는 백 권의 책이 들어 있다. 책은 절대 닫히는 법이 없는 문이다. 에밀리는 십만 개의 바람이 들어오는 방에서 살았다. 그래서 항상 담요가 필요했다.

***

성경의 얇은 종이에도 과거와 현재, 실재하거나 만들어낸 도시들이 가득하다. 예루살렘, 베들레헴, 사바, 가나, 소돔과 고모라, 가버나움, 예리코, 바빌론.

성경을 펼칠 때마다 에밀리는 도시와 사람들이 튀어나오기를 기다렸다. 아이들이 읽는 동화책의 그림들이 솟아오르면서 종이로 만들어진 오두막과 성, 그리고 숲이 만들어지는 것처럼.

창문으로 황금 햇살이 꿀처럼 흘러 들어왔다. 오후의 햇볕이 어찌나 진하던지 에밀리는 자신이 화석 안에 갇힌 벌처럼 느껴졌다. 디킨슨 가족은 각자 할 일을 하느라 바빴다. 아버지는 고객과 가질 면담을 준비하고 어머니는 편두통으로 누워 있고 오스틴은 문법 수업을 복습하고 라비니아는 무릎에 고양이를 앉힌 채 쿠션에 수를 놓았다. 에밀리는 위층 자기 방에서 존재하지 않는 사람에게 편지를 쓰고 있다. 에밀리에게 글 쓰는 재능이 있다면 그 사람은 존재하게 될 것이다.

글자는 종이에 핀으로 고정하기에는 너무 연약하다. 글자는 나비처럼 방 안을 날아다니거나 옷에서 나온 좀벌레처럼 기어다닌다. 글자는 화려한 색과 모험심이 없는 나비다.

그날 저녁 에밀리는 백 번의 인생을 산 어느 유태인의 이야기를 읽었다. 백 번의 인생……. 좋은 것인가? 한 번도 하늘을 나는 새로 살아보지 못했는데.

디킨슨Dickinson은 딕의 아들son of Dick이라는 뜻이고 딕은 리처드의 애칭이다. 리처드. 사자의 왕.*

나다나엘, 아서, 토마스의 아들인 모든 제임스. 조지프, 앨버트, 프랜시스, 새뮤얼의 아들인 모든 존과 윌리엄과 피터. 기나긴 남아 혈통의 계보가 에밀리에 이르러 끝이 났다. 그 안에 그 모든 아들이 있다.

그런데 누구의 딸을 뜻하는 접미사daughter of는 어디에 있을까? 딸은 전혀 중요하지 않아서 접미사나 별칭조차 붙이지 않은 것일까? 에밀리. 사과의 왕.

* 리처드 1세. 잉글랜드 왕국의 두 번째 국왕으로 '사자왕'이라는 별칭으로도 불린다.

창문 너머로 가을[Fall]이 찾아왔다. 여름은 시과[翅果]처럼 빙빙 돌며 떨어지다가[Fall] 아주 멀리 지구 반대편 어딘가로 가서 스러졌다. 정원의 나뭇잎들은 마치 버섯 위에 흩뿌려진 가루 같은, 여름의 열기가 남겨놓은 회색 장막에 싸여 시금치색으로 보였다. 신기한 과일이 자라는 열대의 나라에서는 일 년 내내 여름이지만, 여기 나뭇잎은 석류색, 레몬색, 오렌지색으로 변할 준비를 끝냈다. 나뭇잎이 딸기색으로 변하고 있다. 가을 속에서 벌써 봄 내음이 났다.

소피아의 집 식탁에 죽음이 누워 있다. 죽음은 소피아를 닮았다. 얼굴이 밀랍으로 만든 가면처럼 창백하다. 에밀리는 잠자는 아이를 깨우지 않으려는 듯 발끝으로 걸어 다가갔다.

소피아는 가지고 있는 옷 중에서 가장 예쁜 옷을 입고 있었다. 목과 손목에 레이스가 달린 분홍색 원피스였다. 그리고 에나멜 구두를 신었다. 머리는 예쁘게 말아 리본으로 묶었다. 에밀리는 소피아의 엄마가 인형의 머리를 빗어주는 것처럼 딸의 머리를 만지는 모습을 상상했다. 장티푸스, 긍휼히 여기소서, 신의 뜻……. 사람들이 뜻을 알 수 없는 말들을 했다.

소피아는 평화로워 보이지도, 편안해 보이지도, 잠을 자는 것 같지도 않았다. 소피아는 거기 없었다. 소피아의 부재만 있었다. 에밀리는 소피아에게 더 가까이 갔다. 거의 몸이 닿을 정도로. 새하얀 피부 밑으로 청록색 그림자가 아른거렸다. 뜨거운 여름 햇볕에 너무 오래 놔둔 돼지 기름처럼. 에밀리는 어깨 너머로 뒤를 살짝 살폈다. 아무도 보는 사람이 없다는 것을 확인한 뒤, 덧옷 주머니에서 지난여름에 받은 모래 동전을 꺼내 소피아의 분홍색 원피스 주머니에 밀어 넣었다. 그 돈이면 충분하기를 바라며.

에밀리는 울지는 않았지만, 빈 주머니에 손을 넣고 손가락에 감각이 없어질 때까지 주먹을 꽉 쥐었다. 하지만 저녁 식사로 나온 햄이 불빛을 받아 번뜩거렸을 때 에밀리는 구토를 하고 말았다.

마운트 홀리요크 여자 신학교는 애머스트에서 그리 멀지 않은 곳에 있다. 하지만 에밀리에게는 대륙을 가로지르고 바다를 건너는 일이나 다름없었다. 괘종시계의 제일 작은 바늘이 전진하는 속도로 말이 발굽을 찼다. 아버지는 아무 말 없이 마차를 몰았다. 에밀리는 걱정 반 기대 반으로 마음이 복잡했다. 한 번도 경험하지 못한 감정이었다. 오금이 저리고 배도 슬슬 아파왔다. 하지만 기분이 썩 나쁘지는 않았다. 여행의 좋은 동반자라고 생각했다.

학교는 네모반듯하고 거대한 4층 건물이었다. 창문이 자로 잰 듯 반듯하게 한 줄로 나 있어 건물이 가로 네 줄 세로 열여섯 줄의 바둑판처럼 보였다. 꼭대기 층에 학생들과 선생님들 기숙사가 있을 것이라고 에밀리는 생각했다. 지붕에는 굴뚝 일곱 개가 솟아 있었다.

"생일 케이크에 꽂는 초 같아요. 그렇지 않아요?"

"무슨 말이냐?"

"굴뚝 말이에요."

아버지는 굴뚝을 잠깐 올려다보고는 딸에게 다시 눈길을 돌렸다. 왜 이 아이의 입에서는 항상 예상치 못한 말이 나오는 걸까?

"아니, 거대한 유람선의 굴뚝 같아요. 유람선이 들판 한가운데에 잠시 멈춰 있는 거예요."

"저렇게 굴뚝이 많은 걸 보니 겨울에 춥지는 않겠구나!" 아버지는 이렇게 말하고 마차를 세웠다.

두 사람이 마차에서 내렸다. 아버지가 에밀리의 원피스, 솔, 속치마, 구두, 책과 만화경이 들어 있는 커다란 트렁크를 내렸다.

리옹 교장 선생님이 밖으로 나와 두 사람을 맞았다. 얼굴에 지치고 피곤한 기색이 역력했지만, 웃음이 선했고 눈에서는 지성이 묻어났다. 리옹 선생님은 에드워드 디킨슨보다 에밀리에게 먼저 인사를 건넸다.

"홀리요크에 온 것을 환영한다, 에밀리."

에밀리는 무릎을 구부려 답례했다. 아버지는 트렁크를 건물 현관에 내려놓고, 누가 방으로 올려 보내리라 생각하며 건물 안으로 들어갔다. 그런데 갑자기 리옹 선생님이 몸을 숙여 트렁크 한쪽에 달린 가죽 손잡이를 잡고 아무렇지 않게 끌기 시작했다. 이를 본 에밀리가 급히 다른 쪽 손잡이를 붙잡았다. 두 사람은 가까스로 커다란 트렁크를 조금 들어 올렸다.

"저런!" 리옹 선생님과 에밀리가 낑낑대는 소리에 아버지가 뒤를 돌아보고는 깜짝 놀랐다.

아버지는 순간 삐쩍 마른 딸을 도와줘야 할지, 아니면 선생님을 도와줘야 할지 주저하다가 결국 선생님을 택했다. 리옹 선생님은 에드워드 디킨슨의 호의를 받아들여 트렁크 손잡이를 놓았고, 에밀리에게도 손을 놓으라고 눈짓을 했다.

"이미 말씀을 드린 것처럼 저희 학교에는 하인이나 하녀가 없습니다. 학교 일과 허드렛일은 선생님과 학생들이 공평하게 나눠서 하고 있어요. 1학년에게는 좋은 교육이며 2학년에게는 좋은 훈련이 됩니다."

고집 센 에밀리는 트렁크를 놓지 않고 아버지와 함께 건물 안까지 들고 갔다. 로비에는 다른 선생님 두 명이 손을 보태기 위해 기다리고 있었다.

지금까지 아버지는 에밀리에게 살면서 중요한 많은 것을 훈계하고 가르치고 고쳐주었는데, 이렇게 두 사람이 뭔가를 함께 한 것은 처음이었다. 이제 에드워드 디킨슨은 아픈 허리를 붙잡고 떠나야 했다. 그깟 옷가지가 이렇게 무거울 줄이야!

딸이 태어나고 사 개월이 지난 즈음 남편의 회사가 보스턴에 사무소를 열어 우리 가족은 보스턴으로 이사하게 되었다. 우리가 보스턴에 얻은 첫 번째 집이 홀리요크에 있었다. 이상한 이름이라고 생각했지만 그 이름이 어디에서 왔는지, 무슨 의미인지는 알아보려고 하지 않았다. 사실 당시 내 눈에 이상하게 보이지 않는 것은 없었으니까.

우리는 사우스엔드 지역에 살았다. 이 지역은 영국을 제외하고 빅토리아 양식 건물이 세계에서 가장 많은 곳이다. 우리 집은 보스턴의 전형적인 주택 형태인 높고 붉은 벽돌 건물의 3층과 4층에 자리한 복층 집이었다. 거리에서 보면 건물의 내닫이창들이 겨울 햇살에 반짝이는 유리 조각처럼 보였고, 건물처럼 도로 역시 붉은 벽돌로 깔려 있었다. 세월이 흐르면서 결빙과 나무 뿌리 때문에 변형된 벽돌 도로는 지하수 영향으로 물결치는 것처럼 넘실거렸다. 이 벽돌들은 18세기와 19세기에 보스턴에 기항하던 배들의 바닥짐으로 사용한 것으로, 세상의 반을 돌아 우리 가족처럼 이곳에 짐을 풀었다.

건물 밖으로 나가려면 층계참을 세 개나 내려가서 밖으로 난 계단도 거쳐야 했다. 외부 계단은 배 안에 있는 계단처럼 거의 수직으로 가팔랐고 살얼음이 낄 때가 많았다. 그저 부엌으로 올라가는(방은 아래층에 있었다) 일이 무지무지한 노력을 요구했다. 계단을 오르내리다가 딸을 떨어뜨릴까 봐 항상 두려웠다. 그 집에서 살았을 때의 기억이 명확하지 않다. 그 좁은 3층에 갇혀서 딸을 품에 안고 창문 너머 눈이 내리는 풍경을 보며 몇 주씩 지내야 했기 때문이다.

홀리요크에서는 아무 일도 일어나지 않았다. 아침저녁으로 몸을 꽁꽁 싸매고 개와 함께 넘실대는 길을 산책하는 사람들밖에 없었다. 저녁이 되고 그림자가 길어지면 맞은편 건물에 불이 들어오기 시작했다. 어느 날 오후 이웃집 나뭇가지에 잔가지와 파란색 털실로 만든 둥지가 보였다. 봄이었다.

***

홀리요크. 무슨 뜻일까? 전혀 짐작도 가지 않았고, 찾고 싶은 마음도 없었다. 발음이 비슷해서 요크yolk, 계란 노른자가 생각났는데 하필 날계란이 떠올라 약간 비위가 상했다. 보스턴은 '보톨프의 마을'에서 온

말이다. 보톨프는 7세기 영국 출신 성인으로 여행자들의 수호성인이다. 나는 한 번도 여행자가 되고 싶은 적이 없었다. 반대로 언제나 뿌리를 내리고 내 집이라고 느끼며 살 곳을 찾았다. 물론 처분할 생각은 없었지만, 우트르몽*에 있는 우리 집도 문을 열고 밖으로 나와 열쇠로 잠그던 그 순간부터 더는 우리 집이 아니었다. 당연히 사우스엔드에 있는 복층 집도 절대 우리 집이 될 수 없었다. 우리는 집이 없었다.

첫날 우리는 오후 늦게 보스턴에 도착했다. 아주 오래 운전을 한 뒤였다. 어두컴컴한 집에 짐을 먼저 풀고 장을 보기 위해 '트레이더 조' 마트로 향했다. 지친 딸이 징징거렸고 나 역시 그랬다. 마트 형광등은 너무 눈이 부셨다. 나는 텅 빈 카트를 밀며 기나긴 진열대를 지나갔다. 카트에는 덜렁 후무스 통조림 한 통만 들어 있었다. 아이와 함께 어디라도, 아무 곳에나 주저앉아 따뜻한 것을 마시며 쉬고 싶었다. 기절할 것 같았다. 너무 화가 나서 소리를 질렀다.

"여기는 먹을 게 아무것도 없어!"

물건이 가득 쌓인 식료품 코너에서 나는 울음을 터

* 몬트리올의 자치구.

뜨리고 말았다.

몇 주 전에 누가 내게 이렇게 물었다.

"왜 몬트리올 집을 떠나고 싶지 않은 거예요? 집을 떠나면 뭐가 가장 아쉬울 것 같아요?"

이 질문의 의도는 분명했다. 가장 아쉬운 것이 무엇인지 알면 그것을 가져가거나 대체하거나 다시 만들거나 혹은 비슷한 대용품이라도 구하면 되지 않겠느냐는 뜻이었다.

나는 한참 생각하고 대답했다.

"내 서재 창 너머로 보이는 나무요."

마운트 홀리요크에서 학생들은 라틴어, 식물학, 천문학, 역사, 광물학, 문학, 수학을 배웠다. 그 시절 여학교였다는 것이 믿기지 않을 정도다.

***

책은 사물에 대해 말한다. 맞는 말이다. 학생들은 수 세대를 거쳐 선배들의 손에서 손으로 전해 내려오며 먼지가 쌓인 두터운 책에서 바위, 별, 곤충 등을 배웠다. 하지만 에밀리에게는 사물 역시 끊임없이 책에 대해 말했다.

어느 날 아침 에밀리는 창가에 서서 숲을 보며 생각에 잠겼다. 그런데 별안간 나뭇가지가 흔들리는 것이 느껴졌다. 처음에는 바람이 불어 나뭇잎이 흔들리는 듯한 미동이었지만 곧 나무 스스로 움직이고 있다는 확신이 들었다. 셰익스피어가 창조한 마법의 숲 '버남 숲'이 생각났다. 나뭇가지와 나뭇잎으로 위장한 병사들이 갑옷 부딪치는 소리를 내며 버남 숲에서 던시네인 성을 향해 전진하지 않았던가!

에밀리가 본 것은 그와는 조금 다른 것이었다. 얼마 전 수업 시간에 선생님이 맹그로브 숲의 판화를 보여주었다. 손가락이나 발가락 같은 긴 뿌리들이 물 밖으로 나와 있는 맹그로브는 '걷는 나무'라고도 불린다고 했다. 에밀리가 본 것은 단풍나무, 소나무, 물푸레나무, 참나무 병사들이 맹그로브처럼 천천히 자신들의 뿌리를 뽑아 땅 위로 뻗어 단단한 땅을 느끼고 공기를 들이마시며 조금씩 비스듬하게, 다리를 다쳐 다시 걷는 연습을 하는 사람처럼 전진하는 모습이었다. 나무들이 가지로 균형을 잡고 줄기를 약간 뒤로 젖히고 뿌리를 조금 들어 과감하게 나아갔다. 새들은 둥지를 벗어나 날아가고 다람쥐들은 땅으로 뛰어내리고 짐승들은 사방으로 정신없이 흩어졌다. 처음에는 침묵하며 움직이던 나무들이 이제는 수십 리 밖에서도 들릴 법한 둔탁한 함성을 질렀다. 숲이 뛰기 시작했다. 지속적으로 바스락 소리를 내며 거대한 파도처럼 나아갔다. 적의 야영지뿐 아니라 주 전체를 쓸어버릴 기세다. 에밀리는 마운트 홀리요크 창가에 서서 눈을 감고 파도가 밀려오기를 기다렸다.

하지만 홀리요크에는 공격할 것도 점령할 것도 포위할 것도 없다. 에밀리처럼 어린 거위들밖에 없다. 거위는 시장에서 얼마나 받을 수 있을까? 값을 많이 쳐주지 않을 것이다.

에밀리는 분명 나무가 움직였다고 확신했다. 그러나 에밀리 옆에 서 있는 맥베스는 확신이 서지 않았다. 물론 셰익스피어의 주인공 중 확신에 찬 인물은 없다. 주저하거나 적절치 못한 조언에 귀 기울이는 인물들뿐이지. 그런데 어떤 군대가 상쾌한 4월의 아침 마운트 홀리요크를 향해 진군하고 있었던 것일까?

나무가 다시 움직였다. 이번에는 진짜로 걷기 시작했다.

두 살 정도 되어 보이는 숫사슴이었다. 숫사슴 머리 위로 참나무 왕관처럼 나무들이 우뚝 솟아 있다.

리옹 교장 선생님은 학생들을 가르치는 일 외에 학생들의 영혼을 구하는 일에도 많은 관심을 가졌다. 그래서 자신이 그랬던 것처럼 학생들 역시 신을 영접하기를 바랐다. 하지만 학생들을 공포에 떨게 하거나 위협하는 방식은 거부했다. 리옹 선생님은 결코 지옥을 앞세워 학생들을 신의 왕국으로 들어가라고 설득하지는 않을 것이다. 아직 어리지만 학생들은 분별력이 있고 교육을 받았다. 리옹 선생님은 학생들의 이성을 믿었으며, 그들의 자유 의지를 존중하고 보장했다. '네'라고 대답할 수 있는 자유를.

"여러분 중 주님을 일상에서, 그리고 마음으로 이미 영접한 사람은 누구인가요?"

리옹 선생님의 목소리는 차분하고 단호했다. 하나님이 함께하는 사람들이 그렇듯 환하고 맑은 얼굴이었으며, 확신에 찬 영혼은 풍요롭고 평화로웠다.

대부분의 학생들이 손을 들었다. 손을 들면서 몸을 떠는 아이도 있었고 자랑스럽게 손을 번쩍 든 아이도 있었다. 리옹 선생님이 좌중을 훑어봤다.

"앞으로 주님을 영접하기를 희망하는 학생들은 누

구인가요?"

이번에는 나머지 학생 대부분이 손을 들었다. 리옹 선생님은 잠시 가만히 있다가 질문했다.

"희망도 없는 사람은 누구인가요?"

예닐곱 명이 손을 들었다. 그중에 에밀리도 있었다.

***

무시무시한 아버지, 희생당하는 아들, 보이지 않는 성령. 신은 왜 이렇게 세 개의 존재로 나뉘어 있을까? 왜 신은 모든 사람이 볼 수 있도록 자신을 내보이지 않을까? 왜 신은 누구에게는 은총을 내리고 누구에게는 내리지 않는 것일까? 신을 올바르게 사랑하기 위해서는 어떻게 해야 하는 것일까? 사랑하는 척이라도 해야 할까? 신은 모든 것을 안다고 하는데 사랑하는 척하는 것도 알아채지 않을까? 거짓은 신이 불가사의하고 침묵한다는 단순한 사실보다 더 나쁘지 않을까? 에밀리는 그 무엇보다도 언어로 세상을 이해하는 사람이다. 신은 공백이고 언어 위에 존재한다. 신은 교회에 갇혀 있지 않다. 누렇게 변한 킹 제임스 성경에서 신을 찾는 것은 헛된 일이다. 디킨슨 집에는 항상 성서가 최소 여덟 권은 있었다. 구원받아야 할 영혼보다 성서가 더 많았다. 에밀리가 고개를 들어 하늘을 봤다. 구름밖에 없었다. 하늘이 의로운 사람들의 휴식처라면, 그들이 새가 되었다는 뜻인가?

마운트 홀리요크에서는 겨울에 해가 빨리 진다. 학생들은 램프를 켜놓고 저녁 식사를 했다. 밖은 어둠에 휩싸여 있다. 오늘 저녁 에밀리는 포크와 나이프 당번이다. 모든 일에 항상 그러듯 에밀리는 전념을 다해 성실히 임무를 수행했다. 에밀리는 유용하고 반복적인 동작을 좋아했다. 식탁에 나이프를 놓을 때마다, 포크를 놓을 때마다 자신을 땅에 고정시키는 닻을 내린다고 생각했다.

하얀 접시가 희미한 불빛에 반짝이고 검푸른 바깥에서는 굵은 눈송이가 쏟아졌다. 큰 그릇에 양배추, 감자, 돼지 기름 덩어리, 순무, 둥글게 썬 당근이 담겨 있다. 주중에는 항상 그렇게 먹는다. 학생들은 식사를 하면서도 토론을 했다. 언제나 서로의 생각을 나누는 것이 장려되었다. 식사가 끝나면 당번들이 그릇을 정리하고 나머지 학생들은 거실로 올라가서 다음 날 수업을 예습했다. 공부가 끝나야 잠옷으로 갈아입고 잘 준비를 할 수 있다.

학생들은 서로에게 질문을 했다.

"한 무리의 꿩을 뭐라고 부르지?" 애나가 물었다.

"꿩 다발. 찌르레기 떼는 뭐라고 하지?" 이소벨이 대답하고 바로 질문했다.

"찌르레기 속삭임."

"홍학은?"

"홍학 불꽃! 부엉이는 뭐라고 하지?"

이소벨이 주저하자, 에밀리가 책에서 눈을 떼지 않은 채 대신 대답했다.

"부엉이 의회라고 해."

"맞았어. 그럼, 더 어려운 문제를 내겠어. 종달새 무리는 뭐라고 부르지?"

"흥분."

"나비는?"

"만화경, 나비 만화경."

에밀리는 친구들을 관찰했다. 모두 허리가 날씬하고 하얀 덧옷을 입고 머리를 뒤로 묶었다. 모두 다른 사람이지만 어린 학생들은 신기할 정도로 비슷하게 생겼다. 겨울 저녁 한데 모여 공부하는 신학교 여학생들은 뭐라고 부를까?

흥분, 의회, 불꽃, 만화경, 속삭임. 모두 될 것 같다.

학생들이 잠에서 깨자마자 침대에서 나와 백번 넘게 머리를 빗었다. 어젯밤에도 잠들기 전 백번 넘게 빗었다. 학생들은 제일 예쁜 리본으로 머리를 묶고 신중하게 고른 제일 하얀 블라우스를 서둘러 입었다.

그날은 영광과 의무, 영혼을 주제로 시집을 출간한 꽤나 유명한 시인이 학교를 방문하기로 되어 있었다. 시인을 실제로 본 학생들은 많지 않았다. 학생들이 본 시인은 대부분 동상이었다. 그래서 지금 움직이는 동상을 보는 것처럼 흥분해 있었다.

시인이 교실로 들어왔다. 혼자만 보이지 않는 바람을 맞고 있는 것처럼 머리카락이 모두 뒤로 넘어가 있었다. 시인은 계속 머리를 뒤로 넘기며 말을 안 듣는 머리카락과 씨름했다. 잘생긴 남자였다. 넓은 이마에 활처럼 휘어진 눈썹 아래로 눈이 검게 빛났다. 코는 매부리코였고 높은 정신의 소유자들에게 어울릴 만한 얇은 입술을 가졌다. 시인은 말하면서 불필요할 정도로 손동작을 많이 했다.

시인은 자기 앞에 모인 서툴고 어린, 시인의 존재에 들떠서 손을 가만두지 못하고 하얀 덧옷 자락을 만지작거리는 여학생들을 향해 시선을 두고 있었지만 실제로는 보고 있지 않았다. 여학생들은 예뻤지만 누구든 서로를 대신할 수 있었다. 시인만이 유일한 존재였다. 시인은 곁눈질로 창문에 비친 자신의 모습을 바라봤다. 그러고는 자신의 투명한 쌍둥이 형제를 위해 말하기 시작했다.

굵고 명확한 목소리를 가진 시인이 아주 큰 소리로 말했다. 마치 넓은 강당의 연단에서 맨 끝에 앉은 사람들까지 잘 들리도록 크게 말하기로 작정한 사람 같았다. 에밀리는 한숨을 내쉬었다. 에밀리도 창문을 힐끔 봤다. 자신의 모습을 보기 위해서가 아니라 잔가지로 만든 둥지에서 잠을 자고 있는 푸르스름한 새알 세 개를 보기 위해서.

그것이 시라는 것을 에밀리는 알고 있다. 시는 시인의 화려한 언어 속이 아니라 얇은 알 껍질 속에, 태어날 존재의 아주 작은 심장 속에 숨어 있다.

그래도 공작처럼 잘생긴 시인을 보고 가슴이 약간 떨리기는 했다.

거실에서 학생들이 하얀 잠옷을 입고 유령처럼 창백한 얼굴로, 묵주 알을 하나씩 굴리듯 한 명씩, 커서 무엇을 할지 말했다.

"나는 마을 의사와 결혼할 거야."

"나는 아이를 셋 낳을 거야. 아들 둘, 딸 하나."

"나는 검은 덧문이 달린 커다랗고 하얀 집에서 살 거야."

"나는 매주 책을 한 권씩 읽을 거야."

"나는 종일 누워서 사블레 쿠키를 먹고 레몬 홍차를 마실 거야."

"나는 정원을 만들어서 장미만 가득 심을 거야."

"나는 유람선을 타고 바다를 항해할 거야."

"나는 바이올린, 피아노, 하프를 연주할 거야."

에밀리 차례였다. 친구들이 에밀리를 쳐다봤다. 머리카락이 검어서인지 에밀리는 친구들보다 더 창백해 보였다. 투명해 보일 정도로. 날아가버리거나 불타오를 것 같았다.

"나는 런던에서 살 거야."

한 학기가 끝날 무렵 리옹 교장 선생님은 다시 한번 학생들의 영혼을 점검했다. 학생들은 요즘 밤늦게까지 공부하느라 지치기도 했지만 다가올 크리스마스 생각에 또 신이 났다. 공기 중에 떠다니는 손으로 만질 수도 있을 듯한 열기와, 다가오는 기말시험의 긴장감 속에서 바닐라와 젖은 스웨터, 신선한 잉크 내음이 났다.

"주님을 마음에 영접한 학생들은 의자에 앉도록."

한 무리의 학생들이 긴 의자에 앉았다.

"주님을 영접하기를 희망하는 학생들도 의자에 앉도록."

또 한 무리의 학생들이 앉았다. 에밀리 옆에 서 있던 이소벨은 어찌할지 몰라 주저했다. 눈짓으로 같이 앉자고 사정하는 것 같기도, 자신을 미워하지 말라고 애원하는 것 같기도 했다. 하지만 에밀리는 얼굴도 눈도 돌리지 않았다. 결국 이소벨은 어색한 동작으로 황급히 앉았다. 에밀리는 여전히 그대로 서 있었다. 혼자였다. 희망이 없는 마지막 학생이었다.

에밀리는 흑기러기들이 끼룩끼룩 울며 하늘 높이 날다가 V자를 만들고 파도처럼 다시 흩어지는 모습을 볼 때 느끼는 가슴 뛰는 흥분을 하늘에 있는 조물주에게서도 느끼기를 희망했다. 하지만 대부분의 설교는 지루했고 또 신이라는 생각 자체가 에밀리를 짓누르며 공포심을 불러일으켰다. 나의 가슴은 충분히 넓지 않고 나의 빈약한 머리는 불가지한 존재를 받아들이기에는 충분히 깊지 못하다, 신 역시 내게 믿음을 갖고 있지 않다는 것이 에밀리의 결론이었다.

에밀리 앞에 비단처럼 부드러운 머리칼을 뒤로 단정하게 묶은 머리와 예쁘게 말린 머리, 리본을 단 머리, 끈으로 묶은 머리가 나란히 줄을 지었다. 천국은 사람들로 북적할 것이다. 가죽 구두로 서로의 발을 밟지 않으려면 조심해야 할 것이다.

에밀리는 희망 없이, 확신 없이, 신념 없이 허리를 꼿꼿이 세우고 홀로 섰다. 수많은 가능성들과 함께.

그렇다. 지옥은 아주 평온할 것이다.

가을이 끝이 났다. 곧 크리스마스다. 나는 여전히 홈스테드에 가지 못했다. 대신 해변에 있는 별장으로 갔다. 매번 문을 열고 들어갈 때마다 이 집이 아직 그대로 서 있다는 사실에 나는 항상 놀라움을 금치 못했다. 이곳은 언젠가 파도에 휩쓸려 떠내려갈 운명에 처해 있다. 우리 별장에서 멀지 않은 곳에 있던, 지난 세기 초에 지어진 민박집이 비슷한 운명을 겪었다. 사십 년 전 유난히 큰 태풍이 들이닥쳤고, 거센 바람과 파도에 지반이 많이 약해진 민박집은 헐릴 수밖에 없었다. 이제 그 주위의 땅에는 건물이 들어설 수 없게 되었다. 그 태풍에 이웃집이 수십 미터나 쓸려갔다고 말하는 사람도 있었다. 당시 거리엔 방파제 역할을 했던 통나무들이 다 뽑혀서 뗏목처럼 떠다녔다. 나는 언제라도 닻이 끊어질 수 있는 배에서 한 해의 절반을 살고 있다는 그 느낌이 마음에 들었다.

나는 해변의 집에 갈 때마다 도시보다 훨씬 넓고 맑은 하늘에 항상 놀란다. 아마 바다와 가까워서 그럴 것이다. 별장을 떠나야 할 때는 가슴이 아팠다. 내 딸도 같은 마음인 듯했다. 왜 모래성이 끝없이 펼쳐져 있는 바닷가에서 일 년 내내 바닷물에 발을 담그고 살지 못하는지 이해하지 못했다.

해변의 집에 있는 동안 나는 매일 아침 에밀리를 만나러 갔다. 책에서 본 사진들과 묘사를 바탕으로 내가 만들어낸 상상의 홈스테드였다. 나는 종이 마루에 구멍이 날까 봐 까치발로 들어갔다. 하지만 감히 앉을 생각은 못 하고 문을 열어놓은 채 다시 나왔다.

에밀리는 마운트 홀리요크에서 공부한 지 채 일 년이 되기도 전에 홈스테드로 돌아왔다. 부모님이 에밀리의 건강을 걱정했기 때문이다. 아무래도 기관지염이 고쳐지지 않았다. 에밀리는 기쁜 마음으로 집으로 돌아왔다.

애머스트에는 젊은 여자가 할 일이 많다.

먼저 머리 손질을 잘해야 한다. 헤어롤로 머리를 말거나 곱슬머리를 반듯하게 펴고,

빵을 굽고,

닭장에서 달걀을 가져와서 스크램블드에그를 만들어 점심을 먹고,

요일별로 가난한 사람들, 아픈 사람들, 노인들, 산모들, 집 없는 사람들, 병으로 누워 있는 사람들, 친구들을 방문하고,

단추 세 개, 설탕 500그램, 레이스 1미터, 검정 끈, 흰 속옷, 계피, 부싯돌, 실크 한 마, 보라색 잉크 한 병을 사고,

손수건 열두 장에 수를 놓고,

닭튀김, 오이, 신선한 빵, 레모네이드 한 병, 자른 수

박 위에 식탁보를 접어 올려놓고 포크와 나이프, 냅킨도 챙겨 소풍을 가고,

물건을 팔러 온 상인에게 물건을 사고, 친구를 집 안으로 들이고, 지나가는 지인에게 인사를 하고, 잠깐 들른 손님에게 마실 것을 제공하고, 걸인을 쫓아내고,

그해 마지막 산딸기에 같은 양의 설탕을 부어 약불에 졸이는 동안 끓인 물로 병을 소독하고 산딸기 잼이 완성되면 겨울에 먹을 용으로 병에 담아 밀봉하고,

어머니가 굽고 있는 고기에 기름을 바르고, 채소를 다듬고, 식탁을 차리고 그릇을 치우고 설거지를 하고 컵은 뒤집어서 찬장에 놓고,

애머스트의 모든 젊은이가 모이는 야외 음악회에도 참석해야 한다.

에밀리는 자신의 방에 들어가 방문을 닫고 침묵 속에 침잠할 때에야 비로소 머리 한편에서 끝없이 말을 하던, 혹은 말을 아끼고 있던 목소리에 귀를 기울일 수 있었다.

정원에 있는 나무들의 잎이 모두 떨어졌다. 안마당 깊숙한 곳에 자리한 어린 단풍나무만 예외다. 태양에 달궈져 불이 붙은 것처럼 보이는 노란 잎들을 아직 그대로 달고 있다. 단풍나무는 바람이 부는 대로 흔들리며 다가올 겨울 추위에 맞설 준비를 한다. 주위 나무들이 깜부기불이 꺼져가듯 헐벗은 가지를 흔들며 보내는 무언의 경고에도 귀 기울이지 않았다. 까마귀 떼도 저 멀리 있고, 단풍나무의 황금빛 광채를 방해하는 것은 아무것도 없다. 단풍나무의 노란 초롱불들이 저 하늘 높이 걸려 있다. 정원에 이처럼 멋진 나무를 두고 그 누가 교회의 스테인드글라스를 찾겠는가?

단풍나무는 겨울을 잘 날 것이다. 다른 나무들이 깊은 겨울잠에 빠져 있을 때 단풍나무의 잎들은 기나긴 12월 밤의 별들을 계속해서 비춰줄 것이다.

에밀리는 어렸을 때부터 오리온자리를 찾을 줄 알았다. 모래시계의 가는 허리와 멀리 앞서 뛰어가는 개를 찾고……. 에밀리는 오래전에 오리온자리를 자신의 다음 집으로 결정했다.

성경은 이해할 수 없는 불가사의로 가득하고 인간의 정신은 미약하다. 하지만 에밀리가 정확히 이해할 수 있는 한 가지가 있다. 에덴이 정원이었다는 것.

겨울이 꿈처럼 지나갔다.

흔들리는 자신들의 그림자를 뒤에 달고, 오스틴과 에밀리와 라비니아가 가로수 길을 걸었다. 나무들 사이에서 새들이 지저귀는 소리가 들려오고 공기 중에는 흰꽃과 사과, 자두, 딸기 향이 맴돌았다. 포근하고 온화한 날씨였다. 이곳의 잔디는 다른 곳보다 훨씬 푸르렀다. 거의 에메랄드 빛이었다.

소피아의 무덤은 묘지에서 가장 최근에 조성된 축에 속했다. 삼 남매는 소피아의 무덤 앞에 멈춰 고개를 숙였다. 에밀리는 무릎을 꿇고 미지근한 묘석에 손을 올렸다.

소피아는 이곳에서 가장 어린 나이에 죽은 아이가 아니다. 열두 명 정도 되는 아기들이 이곳에 묻혀 있다. 폐렴, 독감, 홍역, 빈혈, 급성 후두염, 두려움과 분노, 우울증으로 죽은 아기들이 가장 예쁜 옷을 입고 땅속에 묻혀 있다. 핏기 없는 얼굴의 유령들이 꽃나무 뒤에 숨어 술래잡기를 하고 있다. 양팔을 벌려 가느다란 나무십자가 뒤에 숨고, 숨죽여 웃으면서 반쯤 투명한 다리로 가로수길을 뛰어다녔다.

오스틴과 라비니아가 아무 말 없이 걸음을 옮겼다.

조문을 해야 할 무덤이 또 있었다. 혹독한 겨울이었다. 에밀리는 친구의 무덤에 남아 무릎을 꿇은 채 한동안 그렇게 있었다. 얘기를 나누고 싶었지만 풀잎은 듣지도 말하지도 못한다. 마침내 에밀리가 몸을 일으켰다. 하지만 에밀리의 그림자는 그대로 남았다. 에밀리가 발길을 돌렸을 때, 그림자는 에밀리를 따라가지 않고 아기 유령들에게로 가서 함께 뛰어다녔다.

책상 위 상감세공이 된 상자 안에 에밀리의 유치가 보관되어 있다. 모양이 이상한 스무 개의 진주알 같다. 에밀리는 밤에 가끔 어린 여자아이가 나타나서 치아를 찾으러 온다고 생각했다. 이가 없는 어린 유령이.

***

아이는 키가 아주 크고 목이 아주 길고 다리는 아주 뻣뻣했다. 들판 한가운데 찌르레기들과 호박 사이 서 있는 허수아비로 태어난 것이 틀림없다. 소나기에 몸이 젖고 햇볕에 애호박이 커가는 것을 지켜보며 여름을 무기력하게 보내다가, 추수가 끝나면 뽑혀 불 속에 던져지게 될 것이다. 활활 탈 것이다. 바싹 마른 두 팔과 뻣뻣한 다리, 긴 머리와 성냥개비 같은 심장…….
얼마나 좋은 불쏘시개인가.

어느 날 아침 에밀리는 침대 시트에 핀 빨간 꽃을 발견했다. 잠옷과 면 속옷에도 빨간 꽃이 피어 있었다.

부엌에서 빨래통에 비눗물을 풀어놓고 시트를 손으로 빡빡 문지르고 있는데 어머니가 다가왔다.

"뭐 하는 거니? 오늘은 월요일도 아니잖아!"

"아픈가 봐요. 피가 나요. 틀림없이 죽을 거예요."

에밀리가 차분한 목소리로 말했다.

"오, 아니란다. 아픈 게 아니라 네가 여자가 된 거야. 여자들은 다 하는 거지."

어머니의 목소리에 불쾌감과 불편함이 묻어났다.

에밀리는 시트를 문지르던 손을 멈췄다. 모든 여자가 아프다고? 그래서 변호사, 의사, 공증인, 목사는 남자만 하는 건가? 빨래통 분홍빛 물속에 잠겨 있는 시트가 해파리나 말미잘 같은 해양 생물처럼 보였다. 손가락 끝에 감각이 없었다.

"한 달에 한 번, 며칠씩 한단다."

에밀리는 다시 시트를 집어 들고 열심히 문지르며 결심했다. 그러면 한 달에 며칠 동안만 여자가 될 거야. 나머지 날에는 글을 쓸 거야.

오스틴은 학업을 위해 하버드로 떠났다. 에밀리는 오빠가 다시 집으로 돌아오기를 바라며 매일 밝고 경쾌하고 다정한 편지를 보냈다. 하지만 오빠는 돌아오지 않았다. 오빠에게 나비를 보낼 방법을 찾아야 했다.

오빠의 부재는 에밀리의 가슴에 구멍을 뚫어놓았다. 에드워드 디킨슨 역시 안색이 어둡다. 아버지는 항상 '중요한' 문제들과 남자들이 할 일에 둘러싸여 있다. 남자들은 시내로 나가 다른 남자들과 함께 세상의 운명과 그들의 아내와 아이, 개와 고양이와 모든 하위 존재의 운명을 신중하게 결정한다.

어머니는 항상 그렇듯 멍해 보였다. 갈수록 더 심해졌다. 기계적으로 포크를 입에 가져갔고 두 눈동자는 유리알처럼 보였다. 라비니아가 닭고기를 조금 바닥에 떨어뜨렸다. 커다란 갈색 고양이가 맛있게 먹고는 갸르릉거리면서 라비니아의 다리에 몸을 문질렀다.

에밀리는 가족이라는 이름을 가진 이 낯선 사람들을 놀란 눈으로 쳐다봤다. 차라리 티티새 둥지에서 태어났더라면 더 중요한 것들을 배우지 않았을까? 노래하고, 날고, 둥지를 만드는 법을.

보스턴에 와서 두 번째 되는 해에 우리는 이사했다. 또 빅토리아 양식이었고, 3층부터 5층까지 세 개 층을 쓰고 지하에서 다락까지 완전히 새로 고친 건물이었다. 거대한 화강암 부엌와 금빛 샹들리에, 고급 수도꼭지……. 취향이 세련되지는 않았지만 매우 화려한 전형적인 미국식 집이었다. 어쨌든 실내는 안락하며 빛이 잘 들고, 또 엄마가 우리를 보러 오시면 한 층을 내줄 수 있었다.

새 집으로 이사 오기 전에 나는 딸과 함께 몬트리올에 머무르고 있어서 남편이 혼자 가구를 사야 했다. 남편은 이케아에 가서 식탁과 의자 네 개, 아기 침대, 기저귀 교환대, 침대 두 개, 매트리스 두 개, 침대 시트, 베개, 이불, 수건, 서랍장 세 개, 옷장 한 개, 협탁 네 개, 램프, 거실 탁자, 바닥 매트, 그릇, 식탁보, 천 냅킨, 행주, 커피메이커, 찻주전자, 감자칼, 가위, 포크와 나이프, 깡통따개, 거품기, 도마 두 개, 냄비 세트, 프라이팬, 와인오프너, 전기주전자, 휴지통 세 개, 소파, 쿠션, 카펫 세 개, 빨래 바구니, 빗자루와 쓰레받기, 청소솔, 스펀지를 샀다.

남편은 이케아를 대여섯 번 왕복해야 했다. 갈 때마다 매번 수레 두 대에 물건을 가득 싣고 돌아왔다. 영수증을 보니 머리가 핑핑 돌 정도로 잡다한 물품 목록이 포함된, 조르주 페렉의 소설《인생 사용법》에 나오는 정신없는 명세표처럼 보였다. 나는 남편에게 최종 금액은 물어보지 않았다.

내가 딸을 데리고 보스턴으로 돌아왔을 때 겨울 한파가 맹위를 떨치고 있었다. 겨울을 플로리다에서 보내는 집주인이 창문을 이중창으로 내지 않아 실내 온도가 10도까지 내려갔다. 새로 내창 설치 공사를 하는 동안 우리 가족은 추위를 피해 페어몬트 호텔에 묵었다. 호텔 정면으로 창이 난 5층 객실에서 밖을 내다보면 트리니티 교회와 널찍한 코플리 광장이 보였다. 이년 뒤 그곳 광장에서 폭탄이 터져 마라톤 대회에 참가한 세 명의 선수가 목숨을 잃었다.

한파 때문인지 도시는 초현실적인 적막감에 휩싸였다. 거리에서 사람을 보기 힘들었다. 어쩌다 보이는 행인도 목도리에 턱을 묻고 발걸음을 서둘렀다. 텔레비전에서는 기록적인 기온, 예외적인 적설량이라고 연일 보도를 했고(10센티미터의 눈, 몬트리올 같으면 호들갑을 떨 일이 아니지만 보스턴은 겨우 10센티미터 적설량에도 전혀 준비가 되어 있지 않았다) 제설기가 대로 한가운데에 불이 붙은 채 서 있는 믿을 수 없는 장면을 반복해서 내보냈다. 호텔 창문을 통해 내려다보이는 광장이 크렘린 궁처럼 보였다.

내창 설치가 끝나 집으로 다시 돌아왔지만 실내 온도는 고작 4, 5도 상승하는 데 그쳤다. 그래서 나무로 된 라디에이터 박스의 덮개를 열었더니 어이없게도 라디에이터가 없었다. 새로 고치면서 주철로 된 무거운 라디에이터를 제거해버렸던 것이다. 그러니까 우리 집 세 개층 전체 난방을 책임졌던 것은 벽을 따라 설치된 가느다란 온수 파이프가 전부였다. 중앙난방은 산발적으로 과열되었다가 갑자기 멈추는 일을 반복하며 제 역할을 하지 못했다.

화려하고 고급스러운 집에서 우리는 모자를 쓰고 방한화를 신고 벌벌 떨었다. 라디에이터가 있었던, 텅 비어 있는 기다란 나무 박스를 멍하니 쳐다봤던 기억이 난다. 사방이 번쩍번쩍 금박으로 장식되어 있고 집 안에 빛이 넘쳐났지만, 라디에이터는 없었다.

***

가구가 다 들어오니 휑하니 비어 있는 벽이 눈에 띄

었다. 부엌과 식당 벽에 걸려고 온라인으로 유채꽃, 비트, 당근 등의 옛 식물 판화 복제화를 주문했다. 컬러 포스터도 몇 장 구매했는데 진주목걸이를 한 우아한 타조 그림과 복잡한 구성의 피카소 그림도 있었다. 나는 피카소 그림에 크게 신경 쓰지 않았다. 그런데 하루는 딸 조에가 뜬금없이 "화가가 자기를 그렸어"라고 진지하게 말하는 것이 아닌가. 아이의 말을 듣고 그림을 다시 봤더니 진짜 이젤 앞에 앉은 어느 화가의 자화상이었다. 거의 속아 넘어갈 뻔했다. 이곳에 우리와 함께 이름 모를 화가가 살고 있었던 것이다.

몬트리올에서 피터 도이그* 개인전 포스터도 가져왔다. '외국은 없다No foreign lands'라는 제목으로 국립 보자르미술관에서 열린 전시회에 걸렸던 포스터로, 어떤 선언문이나 성명서처럼 보였다. 벽에 걸린 몬트리올이라는 커다란 글자가 보스턴이라는 도시에 주먹을 휘두르는 것처럼 느껴졌다. 하지만 가로세로 거의 2미터에 육박하는 그 포스터는 파란 스티커로 고정하기에는 너무 무거웠는지 항상 우리가 자는 밤 사이에 떨어졌다. 우리는 아침마다 소파 다리 밑에 널브러져 있는 포스

* Peter Doig, 1959년 출생. 스코틀랜드의 순수미술 화가.

터를 발견하고는 했다.

***

어느 날 오후 엄마와 나는 조에를 든든하게 입힌 후 유모차에 태워 산책을 나갔다. 우리는 트레몬트 거리를 걸으면서 와인숍과 고급 식료품 가게, 트렌디한 레스토랑과 바를 지나갔다. 유리 진열장을 보고 있으면 잘 설명할 수는 없지만 내가 '밖에' 있다는 사실이 더욱 명확하게 느껴졌다. 그렇게 걷다가 어느 가게의 열린 문 사이로 벽돌 벽에 걸린 작은 크기의 그림들을 보게 되었다.

판화도 콜라주도 아니었다. 고서에 연필과 검은 잉크로 사라진 고대 문자를 연상시키는 기호들을 그려 넣은 것이다. 그중에서 내 눈을 가장 사로잡은 것은 미세한 숫자들이 적힌 띠를 모자처럼 두른 커다란 원구 모양 그림이었다. 나는 가격을 알아보려고 2층으로 올라갔다.

화랑 주인은 내게 곧바로 그림을 팔고 싶어했지만 일단 전시회가 끝나야 판매가 가능하니 내 전화번호를 알려달라고 했다. 하지만 나는 전화가 없어서 열흘 뒤에 다시 오겠다고 말하고, 화랑을 나오기 전에 황동으로 만든 골동품 귀뚜라미를 샀다. 더듬이 하나가 약간 아래로 처져 있었는데도 엄청나게 비쌌다. 나는 손으로 귀뚜라미를 만지작거리면서 《화롯가의 귀뚜라미》를 되뇌고, 동화책에 나오는 작은 나무 우리에 벌레들을 키우는 중국 사람들을 생각했다.

일 년 뒤 우리가 우트르몽으로 완전히 돌아가게 되었을 때 귀뚜라미와 판화는 상자에 넣어 다른 짐과 함께 임대창고에 보관해두었다. 판화는 작품 구성은 물론, 제목도 기억나지 않았다. '진북'이었나? 어쨌든 방향과 관련된 것이었다.

에밀리에게 소녀를 그리라고 하면 에밀리는 수전의 초상화를 그릴 것이다. 예쁘고 활기차고 용감하며 총명한 수전의 얼굴은 에밀리가 거울을 통해 보길 원하는 얼굴이었으며, 이상적인 쌍둥이의 얼굴이었다. 둘은 죽마고우였다. 애머스트의 익숙한 거리를 산책하고 정원에서 꽃을 따고 병에 잼을 담는 등 모든 일을 함께했으며, 각자 이야기를 만들어서 서로에게 들려주었다.

수전의 피부는 도자기처럼 하얗고 입술은 체리처럼 둥글고 붉었다. 헝클어진 곱슬머리는 볼 옆에서 춤을 추었다. 에밀리는 인형 머리를 만져주듯 수전의 머리를 정리해주고 싶다는 욕망을 꾹 참았다.

어느 날 오후 수전이 에밀리 집을 찾았다. 며칠 전에 하버드에서 돌아온 오스틴이 문을 열어주었다. 아이였을 때부터 알고 지낸 사이였는데, 오스틴이 하버드에 가 있는 동안 수전은 숙녀가 되어 있었다. 수전보다 몇 살 위인 오스틴 역시 이제는 어른처럼 행동했다.

"아! 안녕하세요?"

오스틴은 덧붙일 말을 찾느라 진땀이 났다.

"돌아온 줄 몰랐어요. 보스턴은 어땠어요?"

수전은 곁눈질로 오스틴을 계속 훔쳐봤다.

"매우 아름다운 도시예요. 하지만 애머스트에는 보스턴에 없는 매력이 있죠."

오스틴은 말하는 동안 수전에게 눈을 떼지 않았다. 수전의 볼이 붉어졌다.

에밀리가 방에서 나와 거실로 내려왔을 때 오스틴은 응접실에 앉아 있는 수전에게 책을 읽어주고 있었다. 이제 수전은 오스틴의 초청으로 홈스테드를 방문했고 얼마 안 가 오빠와 여동생은 수전을 나눠 가져야 했다.

***

함께 있는 두 사람을 보면 에밀리는 주먹으로 맞은 것처럼 가슴이 먹먹했다.

질투심이 에밀리를 삼키고 가슴을 새까맣게 태웠다. 에밀리는 수전에 대한 오스틴의 사랑과 오스틴에 대한 수전의 사랑, 그 모두를 질투했다. 두 사랑 모두 자신에게 향해야 했다. 에밀리는 이중으로 배신당했다. 스스로의 마음에게도 배신을 당했으니 삼중으로 배신당한 셈이었다. 석탄 덩어리처럼 시커메진 에밀리의 심장이 두 번이나 타 재가 되었다.

벽난로 위에 올해 받은 청첩장과 부고장이 한 줄에 꿰여 장식끈처럼 매달려 있다. 에밀리는 번갈아 섞인 밝은색 카드와 어두운색 카드를 바라보았다. 친구들이 결혼이나 병으로 하나씩 사라졌다. 그해에 얼마나 많은 결혼식과 장례식에 참석했던지, 결혼식이었는지 장례식이었는지 기억이 불분명한 예식도 있었다. 이별을 고하는 예식에서 친구들은 하나같이 분장이라도 한 듯 다른 사람처럼 보였다.

이제 죽은 친구들은 꿈에서밖에 볼 수 없다. 결혼을 한 친구들 몇몇은 벌써 배가 나와 동작이 둔해졌고, 다리 사이에 계란을 끼고 걷는 듯이 팔자걸음으로 걸었다. 곧 꽥꽥 울어대는 분홍빛 핏덩이를 품에 안고 돌아다닐 테고, 곧 완전히 얽매인 몸이 되어 자유를 잃게 될 것이다. 그런 생각을 하니 온몸에 전율이 일었다. 에밀리는 창문가에 앉아 무릎에 고양이를 앉히고 바느질을 하고 있는 라비니아에게 물었다.

"사랑과 죽음, 이 두 가지 불행 중 너는 무엇을 선택하겠니?"

라비니아는 어깨를 들썩였다. 라비니아는 아무도 모

르게 동네 청년과 만나고 있었다. 하지만 사람들에게 그 청년과의 관계를 알릴 필요를 느끼지 않았고 그렇게 몰래 만나는 것에 만족하고 있었다. 라비니아가 일어섰다.

"차 끓여올게."

정원에 첫 번째로 돋았던 나뭇잎들이 벌써 시들고 있었다.

두 자매는 가장 예쁜 옷을 골라 입고 각자 거울 앞에서 정성 들여 머리를 매만지고 리본으로 묶었다. 라비니아는 생기 있게 보이도록 볼을 꼬집고 입술을 가볍게 깨물었다. 에밀리는 눈처럼 창백했다. 교회 하얀 의자에 두 자매는 나란히 앉았다.

신부는 수줍게 걸었다. 신부는 사람들의 눈길을 받는 것에 익숙하지 않았다. 신랑도 마찬가지였지만 아닌 척하려고 애를 썼다. 신랑과 신부는 결혼하기 전에 스무 번 정도 만났다. 스물두 살 동갑내기 두 사람은 최대한 격식을 갖춰 서신을 왕래했고 매우 어색하게 서로의 집을 방문했다. 신랑은 변호사고 신부는 여자다. 다시 말해, 신부는 이제 변호사의 아내가 될 것이고 조금 더 지나면 엄마가 될 것이다. 에밀리는 눈앞에 펼쳐지는 신부의 운명을 보았다. 미리 정해진, 그림자가 드리워진 길이었다.

홈스테드에는 할 일이 항상 많다. 딸기 꼭지를 떼야 하고 은 식기를 닦아야 하고 아기가 쓸 이불을 누벼야 하고 가난한 사람들에게 보낼 옷을 골라야 하며 상인들에게 외상을 갚아야 한다. 그리고 정원에서 벌의 비행을 감상해야 한다. 이 일은 평생 해야 한다.

에밀리가 부엌에서 빵을 만든다. 손가락으로 느껴지는 밀가루 반죽이 친숙한 사람의 살처럼 포근하고 탄탄하며 부드러웠다. 예순두 번째로 반죽을 치댔을 때, 빈 밀가루 봉지가 눈에 들어왔다. 한 귀퉁이를 찢고 주머니에서 연필을 꺼내 글자를 적었다. 열여섯 개의 단어와 다섯 개의 긴 한숨 같은 줄표. 에밀리는 종이를 아주 작게, 손톱만큼 작게 접어 앞치마 주머니에 넣고 다시 예순세 번째로 반죽을 이겼다.

에밀리는 밀가루 봉지에 휘갈겨 쓴 시들을 책상 서랍에 넣어두었다. 시들을 다시 꺼내면 냄새가 느껴졌다. 어떤 시에서는 밀가루 냄새가, 어떤 시에서는 후추 냄새가 피어올랐다. 피칸 냄새가 나는 시도 있었다. 에밀리가 가장 좋아하는 시는 초콜릿 향이었다.

백 번이고 천 번이고 어제보다 더 나은 산책을 할 수 있는 가장 확실한 방법은 같은 정원을 매일 산책하는 것이다.

어느 날 에밀리는 나뭇잎 더미 아래에서 가시를 바짝 세우고 우스꽝스럽게 서로 붙어 웅크리고 있는 고슴도치 한 가족을 발견했다.

한번은 티티새 한 마리가 바로 눈앞에서 땅바닥에 있는 지렁이를 물었다. 긴 지렁이의 몸이 두동강 났다. 반은 티티새의 먹이가 되고 반은 남은 인생을 살아갈 것이다.

어느 봄날 오후엔 비가 내렸다. 어찌나 거세던지 땅에 떨어진 빗방울이 못처럼 튀어 올랐다. 마치 땅에서 하늘로 비가 솟구치는 것처럼.

여러 달 동안 에밀리는 소피아와 함께 산책했었다. 소피아의 쾌활한 웃음소리가 사과나무 옆 백일홍 꽃밭에 도착할 때까지 계속 커졌다.

11월 어느 날엔 고개를 들어 하늘을 보는 순간 첫눈이 내리기 시작했다. 에밀리는 깜짝 놀랐다. 첫눈은 매번 처음이니까.

어느 이른 아침엔 금팔찌를 입에 물고 걸어가는 까치와 마주쳤다.

서로 다른 그림이 그려진 수많은 습자지가 쌓여 하나의 이미지로 보이듯이, 이 모든 날이 포개졌다. 이제부터 고슴도치, 티티새, 까치, 첫눈은 에밀리가 소피아의 추억과 함께 산책할 때마다 따라올 것이다.

에밀리가 정원에서 산책하는 동안 어머니가 항상 닫혀 있는 에밀리의 방으로 들어갔다. 방은 완벽하게 정돈되어 있었다. 시트는 빳빳하고 침대 커버도 반듯하다. 베개 역시 구김 하나 없다. 수녀의 방처럼.

어머니는 자신도 무엇을 찾으려는지 모르는 채 책상 서랍을 열고 헤집었다. 부모로서 실격인지 모르겠지만 딸의 방이 궁금한 적은 한 번도 없었다. 딸의 성스러운 공간에 들어온 것은 순전히 의무감에서였다. 어쩔 수 없이, 마지못해 들어온 것이다.

책상 서랍에는 에밀리의 가는 글씨로 빽빽이 채워진 종이 뭉치가 가득 들어 있었다. 예전에 선생 한 명이 에밀리의 글씨체가 학교 박물관에 보관된 선사시대 새의 발자국 같다고 한 적이 있었다. 그 말에 에밀리의 아버지는 눈살을 찌푸렸고 어머니도 조금 신경이 쓰였다. 새처럼, 그것도 죽은 새처럼 글을 쓰다니! 이 아이의 조그만 머릿속에는 도대체 무엇이 들어 있을까?

어머니는 제일 위에 있는 종이를 집어 들었다. 어디서 대충 찢어 넣어놓은 듯이 보였다. 종이 뒷면에 생강빵 조리법이 적혀 있었다. 매년 애머스트에서 열리는 빵 굽기 대회에서 지난여름 에밀리가 상을 탄 조리법이다. 앞면에는 서로 특별히 연관이 없는 단어들이 쭉 나열되어 있었는데 비스듬하게 쓰인 단어 사이사이에 긴 연결부호가 그어져 있었다.

나는 떠올린다 — 나열하면 —
먼저 — 시인들 — 그리고 태양 —
그리고 여름 — 그리고 신이 계시는 천국 —
그리고 — 목록은 여기까지 —

무슨 기괴한 주문 같아 당황스러웠다. 조리법이 적힌 면으로 뒤집어놓고 까치발로 방을 나왔다.

밀가루 4컵
버터 ½ 컵
크림 ½ 컵
생강 1 스푼
베이킹소다 1 티스푼
소금 1 티스푼
당밀 약간

오스틴과 수전은 홈스테드 바로 옆에 자신들의 집을 지었다. 엎어지면 코가 닿을 가까운 거리였다. 두 이웃은 하루에도 열두 번씩 서로의 집 문을 두드렸다. 책을 빌리고 신문 기사를 보여주고 방금 구운 따뜻한 파이를 나눠주고 빌린 돋보기를 돌려주고 조리법을 확인하고 판화를 가져오고 모르는 것을 물어보고 새 소식을 전하고 악보를 가져다주었다. 홈스테드와 에버그린스를 이어주는 작은 길은 늘 붐볐다.

***

에밀리는 거실 창문으로 식사를 하고 있는 오빠 부부를 관찰했다. 오스틴과 수전의 실루엣이 실물 크기의 중국 그림자극 인형처럼 보였다. 둘이 침실에 들어서는 것까지 좇다가 얼굴을 돌렸다. 이불 속에 있는 부부를 상상하기 싫었다. 에밀리는 머릿속으로 인형들을 떠올리고 상자에 넣어 정리했다. 인형들은 표본집의 말린 꽃들처럼 얌전히 누웠다.

수많은 개미와 수많은 꽃과 수많은 풀잎을 품고 있는 정원은 모든 은하계를 합친 것보다 더 거대한 우주다. 우주 남쪽에는 메인스트리트가 있고 동쪽에는 침엽수 울타리가, 서쪽에는 에버그린스가 있다. 그리고 북쪽으로는 1630년 존 윈스럽을 위시한 700여 명의 청교도들과 함께 너새니얼 디킨슨이 미국에 발을 내디딘 이래로 이 땅에서 태어난 수세대의 디킨슨 사람들이 묻혀 있다. 당시 윈스럽이 이끈 함대는 아르벨라, 탤벗, 앰브로즈, 주얼, 메이플라워(그 유명한 메이플라워호가 아니라 다른 배다), 웨일, 석세스, 찰스, 윌리엄과 프랜시스, 호프웰 혹은 트라이얼이라는 이름의 11척의 배로 구성되어 있다. 관련된 어떤 서류도 존재하지 않지만 에밀리는 확신했다. 고래(웨일), 보석(주얼), 고난(트라이얼)과 희망(호프웰) 등은 다른 사람들의 것이고 에밀리의 조상은 분명 5월의 꽃(메이플라워)을 타고 바다를 건넜을 거라고.

월요일은 세탁하는 날이다. 에밀리는 빨랫줄에서 다 마른 빨래를 걷어 어머니와 라비니아, 자신의 옷과 집안 빨래를 나눠서 갰다.

갑자기 한숨 쉬는 소리가 들렸다.

어머니가 문에 서서 늘 그렇듯 피곤한 얼굴로 머리를 가로저었다.

"에밀리! 속치마를 그렇게 접으면 안 된다고 몇 번을 말했니? 백 번은 말한 것 같구나!"

에밀리가 고개를 들었다. 어머니 말이 맞다. 어머니는 백 번 말했고 에밀리는 백 번 듣지 않았다. 그렇다면 어떻게 해야 할까? 에밀리에겐 답이 없다. 어머니가 백한 번 말하더라도 에밀리는 또 듣지 않을 것이다.

"한심한 안주인이 될 것이 뻔해. 차라리 시집을 가지 않는 편이 낫겠구나."

"어머니 말이 맞아요. 어머니가 되기에 적절하지 않은 여자들이 있죠."

에밀리의 어머니는 발을 끌며 자리를 떴다. 신고 있는 실내화에서 사포 미는 소리가 났다. 에밀리는 앞에 있는 옷더미를 물끄러미 쳐다봤다. 어머니의 옷가지를 발로 밟아버리고 싶은 감정이 치솟았다. 에밀리는 대신 자신의 옅은 회색 블라우스를 둥글게 말아 땅바닥에 집어 던졌다. 핑크색 손수건, 베이지색 케미솔, 붉은색 치마, 파란색 속치마 역시 바닥에 내팽개쳤다. 흰옷만 남았다. 에밀리는 남은 흰옷을 들고 방으로 올라가 옷장 속에 넣었다. 색깔 옷들은 패배하고 고꾸라져 땅바닥에 널브러졌다.

에밀리는 자신의 옷을 한 아름 들고 창문 밖으로 내던지는 꿈을 꿨다. 마당 한가운데에 갈색, 녹색, 회색, 군청색 산이 만들어졌다. 스타킹은 보아 뱀처럼 속치마를 휘감고 있고 원피스는 사지가 뒤틀린 채 쓰러져 있고 치마는 부채처럼 활짝 펼쳐져 있다. 모직, 면직, 마직 옷, 장례식 때 머리에 쓰는 거친 검은 베일도 있다. 준비가 끝나자 에밀리는 성냥을 꺼내 불을 붙였다. 불이 붙은 성냥을 눈앞에 잠시 들고 있다가 옷더미 위로 던졌다. 바로 불이 붙었다. 버려진 것들보다 더 잘 타는 것은 없다.

에밀리는 두 손을 뻗어 불을 쬈다. 하늘로 올라가는 연기에서 새것이나 다름없는 드레스와 지난겨울 자신의 몸을 따뜻하게 해주었던 니트 카디건의 뻣뻣한 실루엣이 나타났다.

소피아가 구름 위에 앉아서 하늘 위로 올라오는 옷을 기다리고 있었다. 나이를 먹지 않고 열다섯 그대로다. 말괄량이 소피아는 에밀리의 드레스를 입고 카디건을 걸치고 숙녀처럼 새침하게 걸었다. 어린 유령이 나들이 옷을 입고 까르르 웃음을 터뜨리는 동안 아래 안마당에서는 하얀 옷을 제외한 모든 옷들이 여전히 불에 타고 있었다.

하지만 이것은 꿈이었다. 현실에서 에밀리는 입지 않을 옷들을 조심스럽게 집어 들고 철 지난 옷을 정리할 때처럼 정성스럽게 접어 바구니에 담았다. 다음번 자선 행사가 있을 때 라비니아가 사람들에게 나눠줄 것이다. 가난한 사람들은 밝은색 옷이 거의 없으니.

화덕에 놓인 커다란 가마솥의 열기를 느끼며 라비니아가 일을 하고 있다. 양을 가늠하고 무게를 달고 물을 붓고 강판에 갈고 껍질을 벗기고 씨를 제거하고 꼭지를 따고 잎을 뜯어내고 껍질을 깎고 섞고 우려내고 얇게 자르고 소금을 뿌리고 휘젓고 간을 하고 후추를 치고 설탕을 넣고 꿀을 넣고 양념을 하고 계피를 첨가하고 고수와 육두구를 넣고 고기를 썰고 담그고 물을 섞고 체로 거르고 소스를 끼얹고 휘젓고 거품을 걷어내고 치고 빻고 갈고 기름을 치고 말리고 깍지를 까고 열매를 따고 딱딱한 껍질을 벗기고 담그고 재우고 반죽하고 반죽으로 모양을 만들고 기름종이를 깔고 기름을 바르고 소스를 덧바르고 크림을 바르고 속을 채우고 밀가루를 입히고 자르고 잘게 썰고 얇게 저미고 찧고 녹이고 삶은 달걀의 껍질을 까고 생선 비늘을 제거하고 조개껍질을 벗기고 자르고 썰고 돼지비계를 고기에 찔러넣고 채우고 실로 묶고 저미고 틀에 따르고 뒤집고 긁어내고 콩을 까고 굽고 볶고 지지고 빻고 석쇠에 굽고 끓이고 튀기고 데쳤다. 라비니아는 단 한 번도 마법사를 꿈꾼 적이 없었다. 마녀가 될 수 있는데 왜 마법사가 되고 싶겠는가?

***

라비니아는 장갑과 목도리를 짜고 손수건에 수를 놓고 치마를 수선하고 앞치마를 꿰맸다. 에밀리는 그 반대였다. 동생이 옷을 입을수록 에밀리는 침묵의 방에서 옷을 벗었다. 처음에는 사회 통념과 예의를, 그리고 차차 신과 신의 수행원들, 또 교제와 의무와 미소를 벗어던졌다. 얼마 안 가 살가죽도 벗어버리고 치아와 뾰족한 갈비뼈만 남은 눈처럼 새하얀 작은 해골로 거울 앞에 섰다.

보스턴 사람들은 하나같이 존 F. 케네디 대통령의 친척처럼 보였다. 선한 눈, 환한 미소, 계산된 듯한 스스럼없는 태도까지 모두. 그들은 하버드 대학교를 갓 졸업한 청년처럼 생겼다. 장담컨대 주말에는 코드 곶에서 아이들과 공놀이를 하고 해변에서 해산물을 요리해 먹었을 것이다. 상점에서도 거리에서도 이 케네디들은 모두 매력적이고 상냥하며 항상 미소를 잃지 않았다. 몬트리올 사람인 나에게는 이해할 수 없을 정도로 친절하고 사려 깊은 사람들이었다. 그들의 친절함은 겉모습일 뿐이라는 생각을 떨쳐버릴 수 없다. 그 친절함 뒤에 무엇이 숨겨져 있는지 나는 절대 알 수 없을 것이다. 보스턴은 내게 언제나 종이 도시였다.

***

어느 봄날 초저녁 해가 질 무렵 우리 가족은 발레학교 앞을 지나고 있었다. 열려 있는 커다란 문으로 여자아이들이 구름떼처럼 쏟아져 나왔다. 깔깔대며 계단을 뛰어 내려오는 아이들은 모두 머리를 틀어 올렸고 길쭉길쭉한 팔다리를 가졌다. 호두까기 인형의 클라라 역할 오디션이 있는 날이었다. 학교 밖에서 엄마들이 기다리고 있었다. 엄마들 역시 날씬하고 머리를 완벽하게 하고 나왔다. 일요일 늦은 오후였는데도(어떻게 보스턴 여자들은 하루의 어느 때라도, 어느 상황에서도 그렇게 세련되고 우아한 모습을 하고 있을 수 있는지 나로서는 도저히 이해가 되지 않았다) 모두 세련되게 차려입었다. 풍성한 코트를 입고 커다란 목도리를 두르고 앵클부츠를 신은 엄마들은 차례로 두 팔을 벌려 딸들을 맞이했다. 첫 엄마부터 마지막 엄마까지 모두 발레리나의 엄마 역할을 손쉽게 수행했다.

***

이 시기에 남편과 나는 보스턴에서 그리 멀지 않은 해변에서 새집을 찾고 있었다. 완전히 정착할 생각이었다. 코드 곶은 처음부터 고려하지 않았다. 너무 비쌀 뿐 아니라 사람들이 너무 많았다. 성수기에는 관광객들로 북적였고 하루라도 공휴일이 붙어 있는 주말에는 보스턴 사람들로 넘쳐났다. 우리는 몇 년 전부터 메인주 엘리자베스 곶에 있는 사유지에서 여름 휴가를 보냈었다. 들과 숲이 펼쳐져 있고 두 개의 아주 작은 묘지와 호수, 모래언덕, 아름답게 무너져가는 19세기 건축물, 말 사육장, 화려한 세스나 비행기 몇 대가 이착륙할 수 있는 활주로, 과수원, 줄무니 갤러웨이 젖소를 키우는 작은 농장까지 있는 드넓은 곳이었다. 아마 뭐가 더 있을 것이다. 전체 면적이 수십 제곱킬로미터에 달하는, 자연보호구역에 맞먹는 광대한 곳이었다. 실제로 우리가 빌린 집 창문으로 노루, 칠면조, 뿔닭 가족, 토끼, 독수리가 지나가는 것이 보였다. 한번은 산책을 하고 오다가 래브라도 리트리버만 한 고슴도치를 본 적도 있었다. 영지에는 백사장이 있는 해변도 있었다. 모래가 밀가루처럼 어찌나 부드럽고 하얗던지 황량해 보일 정도였다. 개미 한 마리 보이지 않는 해변으로 가기 위해서는 동화에서 작은 왕국을 찾아갈 때 그러듯이 늪과 소나무 숲과 모래언덕과 꼬불꼬불한 길을 지나야 했다.

보스턴 사람들이 북쪽 해안이라고 부르는 지역으로 출발하던 그날 아침, 엘리자베스 곶에 있는 그 휴가지가 내 머릿속에 있었다. 우리는 마음에 드는 해변을 발견할 때까지 해안을 따라 북쪽으로 계속 올라가기로 했다. 구름이 많이 낀 우중충한 날이었다. 나무들은 이미 잎이 다 떨어져 맨 가지밖에 없었다. 아마 11월 어느 날이었을 것이다. 우리는 도시를 빠져나가기 위해

1번 고속도로를 타고 삼십 분 정도 운전했다. 수킬로미터를 가는 동안 대형 마트와 패밀리 레스토랑과 주유소가 끊임없이 나타났다. 주차장에 꽉 들어찬 차들은 멀리서 보면 햇빛을 받아 몸통이 반짝이는 벌레들처럼 보였다.

우리는 계속 북쪽으로 올라갔다. 상업지역을 지나자 끝없는 주택단지가 나타났다. 교외라는 어감이 싫어서 주택단지라고 표현한 것이 아니다. 감옥처럼 들리기도 하고 호텔처럼 들리기도 하는 주택단지라는 말은 이곳 해안의 분위기를 정확하게 표현하는 단어다. 사각형 아파트 단지와 아마도 1950년대에 건축미나 도시계획에 대한 일말의 고려 없이 마구잡이로 지어졌을 주택들이 서 있는 이곳은, 누군가 작고 활기 없는 공업도시 한편을 거대한 톱으로 잘라서 바다 옆에 이식해놓은 것 같았다.

우리가 차에서 내렸을 때 해변에는 아무도 없었다. 산책하는 사람도, 하릴없이 돌아다니는 사람도, 심지어 새 한 마리조차 보이지 않았다. 차가운 바람이 우리 얼굴을 때렸다. 짠내음이 공기 중에 떠다녔다. 침울한 광물성 냄새였다. 수없이 많은 잔파도가 바다를 뒤덮고 있었다. 바다가 아니라 회색의 규석 덩어리처럼 보였다. 절대로 바다라고 부를 수 없었다.

들판에 사는 에밀리는 한 번도 바다에 간 적이 없었다. 파도가 일렁이는 시퍼런 바다는 에밀리에게 공포심을 일으켰다. 에밀리는 방 유리창에 맺혀 있는 물 한 방울의 프리즘 안에서 완벽한 편안함을 느꼈다. 꿈에 바다가 나타나면 절벽 아래로 떨어지는 것처럼 물에 빠질까 두려웠다. 무한과 맞부닥칠 위험이 도사리고 있으니까.

어느 순간부터 에밀리가 시내에 나가는 횟수를 줄이기 시작했다고 사람들은 말한다. 얼마 안 가 정원까지만 나가거나 집 안에만 머물렀다. 그러다가 2층에서 꼼짝하지 않더니 결국 방에서도 나오지 않았다. 방이 에밀리의 집이 되었다. 꼭 필요할 때를 제외하고는 절대 나오지 않았다. 하지만 사실 에밀리는 오래전부터 방보다 더 작은 손바닥만 한 종이 위에서 살고 있었다.

그 집은 누구도 에밀리에게서 뺏을 수 없었다.

***

종이에 문장 몇 줄, 단어 몇 개 쓰는 것만으로도 에밀리는 순간적으로 자신을 갉아먹는, 이름도 없고 대상도 없는 절박함으로부터 벗어나 안정을 되찾을 수 있었다. 구원을 받은 에밀리는 불행에서 시를 끄집어내려고 애썼다. 그런데 어떤 불행일까? 망각? 죽음? 아니면 세상이라는 불구덩이? 에밀리 자신도 확실히 말할 수 없을 것이다.

전쟁으로 조국이 남북으로 찢어지는 동안 에밀리 역시 한 땀 한 땀 뜯어졌다. 이 잔혹한 전쟁을 어떻게 받아들여야 할지 알 수 없었다. 불타는 집과 농장, 불구가 된 사람들, 인형처럼 아름다운 청년들이 들판에서 노숙하는 꼴을 위에서 그저 지켜보기만 하는 신을 어떻게 생각해야 할지 알 수 없었다.

이 나라는 에밀리의 나라이기를 그만두고 갈기갈기 찢어지고 있었다. 고통 받는 연약한 에밀리의 심장 역시 매일 밤 천천히 찢어졌다가 다음 날 아침 다시 기워졌다. 매일 독수리에게 먹히는 것이 프로메테우스의 간뿐만은 아니라는 사실을 에밀리는 이제 알았다.

***

일과가 거의 끝났다. 에밀리는 정원으로 나갔다. 마지막 햇살이 나뭇잎 사이로 와서 몸을 뉘였다. 마치 오케스트라 연주자들이 땅 여기저기에 악기들을 버려두기나 한 것처럼 햇빛이 구릿빛으로 어지럽게 반짝였다. 누군가 나뭇가지를 태우는지 가죽 부대처럼 빵빵하게 속이 꽉 찬 주황색 호박, 살구색 호박, 땅콩 호박으로 가득한 호박밭에서 노랗고 가느다란 한 줄기의 연기가 뱀처럼 꾸불꾸불 하늘로 올라갔다. 기러기들이 끼룩끼룩 침묵을 가르며 하늘을 날았다. 기러기 떼가 시끄럽게 지나간 뒤 침묵이 서서히 다시 자리했다. 상처가 아문 뒤 흉터가 자리하듯.

바로 그 순간 가을의 한가운데에 서 있는 에밀리를 사라진 여름과 다가올 겨울, 두 개의 영원한 시간이 관통했다. 에밀리는 고개를 들고 가만히 서 있었다. 여름과 겨울, 어느 한쪽으로 기울지 않고 풀잎으로 만들어진 줄 위를 조심조심 걸어야 하니까.

에밀리 디킨슨 사후 백 년이 되는 해에 몬트리올 출신의 한 시인이 이렇게 말했다.

> 시는 삶의 증거지 삶 자체는 아니다. 시는 활활 타고 남은 것의 재다. 그런데 때때로 우리는 그것을 혼동해서 불 대신 재를 창조하려고 한다.*

우리는 어떤 것의 기호나 징후를 발견하고 그것 자체보다는 기호를 재창조하려고 한다. 껍데기를 좇다가 알맹이를 놓치고 만다. 우리는 성공의 기호를 좇지만, 무엇이 성공의 기호인가? 나는 에밀리 디킨슨이 절대 재를 창조하지는 않았다고 확신한다. 그렇다면 그가 창조한 것은 불이었을까? 그랬을지 모른다. 에밀리가 지나친 길 위로 불길이 활활 타올랐을 것이다. 하지만 에밀리는 꽃에 물을 주느라 눈치채지 못했을 것이다.

* 레너드 코헨Leonard Cohen, 1934~2016. 캐나다 시인이자 싱어송라이터.

마운트 홀리요크의 소녀들은 여자가 되었다. 대부분 결혼을 했고 결혼한 여자들은 거의 모두 엄마가 되었다. 오래전 흰 잠옷을 입고 동그랗게 앉아, 한 명씩 돌아가며 말했던 자신의 꿈을 좇는 친구는 이제 아무도 없었다. 오직 에밀리 말고는.

에밀리는 오래전부터 종이 집에서 살았다. 인생과 책을 동시에 가질 수는 없다. 죽을 때까지 책 속에서 살기로 결정하고 자신의 인생을 닮은 책을 쓰면 모를까.

남편의 직업, 아기방의 장식, 걷는 것이 늦는 막내……. 에밀리는 한 번도 이런 얘기를 하는 고매한 시민들을 부러워한 적이 없었다. 그날 저녁 꿈을 얘기했던 소녀들과 그 꿈들은 다 어디로 갔을까? 어떻게 이렇게 변하고서도 같은 이름에 대답할 수 있는 거지?

갑자기 그런 생각이 들었다. 친구들은 아직 마운트 홀리요크에 있는 것이라고. 기숙사 문을 열고 들어가면 친구들이 동그랗게 둘러앉아 램프의 노란 불빛을 받으며 눈을 반짝이고 있을 것이라고.

이사를 가도 한동안 여전히 예전 그 집에 계속 살고 있다는 느낌을 받을 때가 있다. 친구네가 살았던 집 앞을 지날 때면 아직도 아이들의 울음소리가 들리는 것 같고 수브니르 거리를 걸을 때는 결혼하고 오 년 동안 살았던 3층 집의 초인종을 누르고 싶은 마음을 진정시켜야 했다. 얼룩고양이 피도, 샴고양이 방드르디, 그레이트데인종의 대형견 빅토르도 함께 살던 곳이었다. 지금 그곳으로 달려가 초인종을 누르면, 얼굴이 좀 더 동그랗고 흰머리라고는 한 가닥도 찾아볼 수 없는 스물다섯의 남편이 문을 열고 나올 것 같다. 동시에 엘리자베스 곶에 있는 호텔에서는 지금과는 또 다른 모습의 우리 부부와 빅토르가 살고 있다. 지금 이 순간 빅토르는 그 카펫에 누워 커다란 앞발 사이에 주둥이를 묻고 우리를 기다리고 있다. 여러 다른 장소에서, 여러 다른 우리가 동시에 존재한다.

에밀리는 어린 시절과 성인 시절을 홈스테드에서 보냈다. 홈스테드는 이름에서 벌써 집home이 느껴지지만 집 그 이상이다. 화롯불의 온기가 느껴지는 가정foyer이다. 아니, 가정이라는 말도 부족하다. 왜 프랑스어에는 집을 뜻하는 더 좋은 말이 없는 걸까?* 집은 단순히 거주하는 곳이 아니라 삶이 살아 숨쉬는 공간, 맥박이 요동치는 삶 그 자체가 아닌가!

* foyer의 어원은 화덕, 아궁이라는 뜻이다.

그때까지만 해도 많은 손님이 홈스테드와 에버그린스를 찾았다. 애머스트 사회의 엘리트들인 변호사, 번창하는 기업가, 목사, 그리고 출판인까지 모여 피아노를 연주하며 노래를 하고 즐겁게 담소를 나누었다.

지역 신문 〈스프링필드 리퍼블리컨〉의 소유주 새뮤얼 볼스가 아내가 없었다면 다른 사람들과 다를 바 없었을 것이다(물론 그 '다른 사람' 역시 유력지의 소유주 정도는 되어야 하겠지만). 그가 중요한 인사인 것은 신문사 사주이기 때문만이 아니라 메리 볼스의 남편이기 때문이다. 마찬가지로 메리 역시 훌륭한 남편을 가진 덕분에 빛이 났다. 얼마 안 되어 볼스 부부는 홈스테드와 에버그린스의 고정 손님이 되었다. 에밀리는 자신이 좋아하거나 자신을 좋아하길 바라는 사람들에게 늘 그러듯, 볼스 부부에게도 활기차고 상냥하고 강아지처럼 자유분방한 편지를 보내기 시작했다.

남편이나 아내 앞으로 편지를 보냈지만(한 사람에게 쓴 후에 곧바로 다른 사람에게 또 쓰기도 했다) 실제로 에밀리가 편지를 보낸 대상은 다중적이면서도 단일한, 당사자이면서도 목격자인, 하나의 이중적인 존재였다. 에밀리는 이러한 이중성에 익숙했다. 에밀리 자신이 항상 둘로 분리되어 있었기 때문이다. 삶을 사는 동시에 삶에 대해 쓰려는 것.

에밀리와 주고받는 편지에서 남편과 아내는 서로의 시선으로 더 크고 더 아름답게 보였다. 두 사람의 시선은 서로를 확장해주는 확대경 같은 것이었다. 서신으로 하는 대화에서 세 번째 상대가 존재한다는 것은 일종의 안전장치를 가지고 있는 것과 같다. 추락의 공포를 느끼지 않고 심연에 다가갈 수 있게 해주는 난간처럼. 이 허구의 수신자가 에밀리가 불빛 아래서 열에 들떠 썼던 편지 대부분의 실제 수신자였다. 에밀리는 두 사람에게 충분할 만큼 영적이려고 노력했고 또 한 사람을 통해서 다른 사람을 매혹하려고 애썼다. 이 사랑은 두 배의 사랑, 혹은 절반의 사랑이었다.

라비니아는 어디를 가든 고양이들을 몰고 다녔다. 그날 아침에는 세 마리가 따라왔다. 분홍색과 흰색 털을 가진 뚱뚱한 수고양이와 에밀리는 처음 본 검은 새끼고양이, 그리고 출산이 임박한 줄무늬 고양이였다.

부엌에 항상 신선한 우유 한 접시를 두어서 집 주변의 고양이들이 모여들었다. 고양이들은 우유를 마시고 나면 라비니아의 치마에 몸을 비볐고 라비니아도 고양이들을 귀여워하며 함께 가르랑거렸다. 에밀리의 개 카를로가 고양이들이 보는 앞에서 커다란 혀로 한번에 우유를 핥아 몽땅 마셔버린 일도 있었다. 카를로의 심술맞은 행동에 고양이들은 기겁했다.

카를로는 에밀리의 침대맡에서 잔다. 꿈속에서 괴물들을 쫓는지, 자다가 입술을 실룩거렸다. 에밀리는 차가운 발을 카를로의 옆구리에 올려놓고 발가락으로 억센 털을 쓰다듬었다. 대체 남편이 왜 필요할까?

라비니아는 크고 작은 수고양이들과 함께 잤다. 라비니아는 특별히 더 좋아하는 고양이 없이 모두 똑같이 좋아했다. 고양이마다 다 다르다는 점이 좋았다.

황동 목욕통 안에 에밀리의 머리카락이 검은 해조류처럼 둥둥 떠 있다. 가느다란 두 팔과 두 다리는 새하얀 뱀장어처럼 보였다. 에밀리의 몸이 미지근한 물속으로 눈에 안 띌 정도로 조금씩, 한번에 1밀리미터씩 미끄러져 내려갔다. 얼굴에 살얼음 같은 투명한 수막이 만들어질 때까지, 에밀리는 눈을 뜨고 있었다.

마흔 살. 에밀리는 아기를 가질 수 없는 불임의 나이가 되었다. 아무것도 나지 않는 땅과 알을 낳지 못하는 물고기, 생명을 잉태할 수 없어 죽음 이후 어느 것도 남지 않는 것을 일컫는 말. Barren불모, Bare벌거벗은. 파르스름한 핏줄이 서 있는 에밀리의 가슴은 빈 자루처럼 물렁하다. 그 어느 것도 잉태한 적도, 품은 적도, 밴 적도 없는 배는 축 처져 있다. 다리와 음부는 포근한 이불이 어루만지는 것 외에 어떤 애무도 받지 못했다.

아이를 낳지 못하는 여자는 겨울나무처럼 헐벗고, 껍질이 벗겨지고, 모든 것을 빼앗긴 존재다. 에밀리도 모르지 않았다. 시가 자신의 종이 아이들이 될 수는 없다는 것을. 기껏해야 눈송이에 불과하다는 것을.

시간은 흐르지 않는다. 불변한다. 하루는 영원이다. 해가 뜨고 질 때까지 인생 전체가 펼쳐진다. 매일 밤은 작은 죽음이다. 하지만 또 날이 밝으면 에밀리는 다시 눈을 뜨고 아직 살아 있다는 사실에 놀란다. 새로운 기회가 주어졌다. 그런데 무엇을 위한 기회지?

에밀리는 일어나 창가로 갔다. 날씨가 흐릿하다. 가랑비가 나뭇잎에 윤이 나는 얇은 막을 만들었다. 정원을 휘감은 안개가 걷히고 유령 같은 나무들의 윤곽이 보였다. 추위에 몸이 떨렸다. 에밀리는 숄을 어깨 위로 올리고 밤 동안 꺼진 벽난로에 불을 지폈다. 마른 장작이 탁탁 소리를 내며 타올랐고 불티가 굴뚝으로 올라갔다. 에밀리는 기계적으로 책상 서랍에서 종이를 꺼내 코로 가져갔다. 시에서 정향 냄새가 났다.

***

에밀리는 욕망이 너무 적어 죽은 것이나 다름없는 사람이었다. 혹은 아예 존재한 적이 없었거나.

시를 쓸 때면, 에밀리는 사라졌다. 풀잎 뒤로 사라졌다. 에밀리가 아니었다면 우리가 절대 볼 수 없었을 곳으로. 에밀리는 스스로를 표현하기 위해 글을 쓰지 않았다. 얼마나 끔찍한가! 스스로를 표현한다s'exprimer는 말은 가래를 내뱉다s'expectorer라는 말을 생각나게 했다. 두 경우 모두 남는 것은 끈적끈적한 점액뿐이다. 에밀리는 자신을 드러내려고 시를 쓴 것이 아니라 증언하기 위해 썼다. 여기 18XX년 7월의 셋째 날 아침 갑작스럽게 내린 소나기로 죽은 꽃이 묻히다……. 에밀리 디킨슨의 시는 모두 눈에 보이지 않는 것을 추모하기 위해 세운 아주 작은 묘석이다.

에밀리는 살과 피와 잉크로 이루어졌다. 에밀리는 살갗 아래 팔딱이는 가느다란 혈관에서 퍼올린 산딸깃빛 붉은 잉크로 글을 쓴다.

에밀리는 마운트 홀리요크를 방문했던 그 시인을 떠올렸다. 시인은 자신 안에 살아 숨쉬는 감정을 종이에 옮겨 적고 싶은 욕망에 대해 설명했다. 자신의 내면 풍경이 너무나 흥미로워 사람들을 초청해서 꽃밭과 숲을 둘러보고 감상하도록 해야 한다고 확신했다.

그는 진정한 시를 쓰는 것이 불가능한 시인일 뿐 아니라 순진무구한 바보여서 자신이 무능하다는 사실도 몰랐다. 귀머거리로 태어났는데 누군가 피아노를 치는 것을 보고, 자신도 피아노 소나타를 작곡하겠다며 검은 건반과 흰 건반을 마구잡이로 누르는 것과 다를 게 없다. 그 눈에는 흥겨운 곡으로 보일 것이다. 그는 자신이 무엇을 모르는지 절대 알지 못했다.

다만 그에게는 어떤 공상이 있을 뿐이었다. 누구라도 그 사실을 알 수 있었다. 공상은 그에게 그 어떤 것보다도 중요했다.

그는 공상에 영양을 공급하고 다듬고 키우고 가꾼 후에 향을 음미하고는, 다른 사람들에게도 똑같이 하라고 요구했다. 반면 에밀리는 자신이 살고 있는 세상에 대해 썼지만 아무도 살지 않는 세상이 더 아름답다는 것을 알고 있었다.

작가auteur라는 프랑스어는 '확장하다'라는 뜻의 라틴어 '아우게레augere'에서 왔다. 작가는 덧붙이는 사람이다. 창밖에 있는 꽃밭과 에밀리가 겨울 동안 종이 위에 가꾼 꽃밭은 서로 닮았다.

에밀리는 창문 앞 책상에 앉아 꽃이 진 정원을 종이에 옮겨 적었다. 오직 에밀리만이 눈으로 덮인 꽃을 볼 수 있었다. 에밀리는 반쯤 지워진 글이 완전히 사라지기 전에 눈에 더 힘을 주어 판독했다. 해가 빠르게 졌다. 3시부터 벌써 그림자들이 잠들기 위해 땅에 몸을 누이기 시작했다. 정원 전체가 거대한 표본집 갈피 사이에 납작하게 드러누운 숲이 되었다. 창밖이나 안이나 어둑한 그림자밖에 보이지 않았지만 에밀리는 끊임없이 잉크병에 펜을 담갔다.

부엌에서 수프 냄새와 식기 부딪치는 소리가 올라왔다. 세상이 온통 하얗게 변해도 먹을 것은 먹어야 했다. 상상 속에서 민머리 배추가 이끄는 덥수룩한 순무 전투부대와 노란 감자 대대가 백합과 백일홍 꽃밭을 공격했다. 종이 정원은 벌써 마구잡이로 자라는 화초들과 잡초들로 채워지기 시작했다. 에밀리는 그것들을 뽑아내는 대신 화관으로 만들었다.

쓰다écrire, 라틴어 스크리베레scribere. 땅을 파다. 땅을 일구다. 지우다. 에밀리는 고개를 들어 밖에 있는 나무들을 봤다. 아무것도 보이지 않았다. 어둠 속에서 창문은 거울로 변신했다.

프랑스어 작가auteur와 라틴어 아욱토르auctor는 신을 뜻하기도 한다. 에밀리는 이해할 수 없었다. 별들이 있는데 왜 신이 필요하지?

어떻게 사람들은 볼일을 보고(중요한 일이든 사소한 일이든), 돈을 벌러 나가고, 옷을 꿰매고, 아이를 낳고, 소풍을 갈 수 있을까? 어떻게 사람들은 에밀리가 창문 너머를 보며 느끼는 황홀한 광경에 눈길을 빼앗기지 않을 수 있을까? 왜 사람들의 눈은 에밀리의 눈이 보는 것을 보지 못하는 것일까? 그들의 창문이 에밀리의 창문만큼 깨끗하지 못하기 때문일까?

에밀리와 라비니아가 부엌에서 완두콩 껍질을 까고 있다. 손에서 완두콩들이 구슬처럼 굴러 떨어졌다. 사기 그릇에 작고 동그란 녹색 콩이, 다른 그릇에는 두툼한 작두콩이 담겼다. 깨끗한 행주 위에는 콩깍지가 수북이 쌓여 있다.

"만약 평생 한 가지 채소만 먹어야 한다면 나는 완두콩을 선택하겠어."

라비니아가 불쑥 그런 말을 했다.

에밀리도 고개를 끄덕였다. 완두콩을 딱히 좋아해서가 아니라 '평생' 단 한 가지만 먹어야 한다는 생각이 놀라울 정도로 마음을 편하게 해주었다.

에밀리 디킨슨에게 여동생이 한 명밖에 없다는 것은 잘 알려진 사실이다. 두 살 아래이고 이름은 라비니아이다. 비니라고도 불린다. 하지만 에밀리의 방에는 사실 또 다른 자매들이 숨어서 살고 있었다. 앤과 샬럿, 그리고 자신과 똑같은 이름의 에밀리, 이 세 사람이다. 브론테 자매들은 에밀리의 방에서 에밀리의 또 다른 가족인 브라우닝과 에머슨, 소로와 함께 조화롭게 살았다.

에밀리는 미사를 한 번도 올려본 적이 없지만 매일 아침 꽃 앞에서 무릎을 꿇었다. 에밀리는 잡초 뽑는 것을 좋아하지 않았다. 사람들이 나쁘다고 하는 잡초도 다른 풀처럼 좋아했고 자신이 심은 화초들 사이에서 자라도록 놔두었다. 정원의 오직 절반만 자신의 것이다. 나머지 반은 벌들이 만든 것이다.

에밀리는 꽃들의 이름을 부르며 인사를 했다. 여자 아이들의 이름을 나직이 부르는 것 같았다. 아이리스, 로사, 카롤리나, 프루넬라, 마리화나, 길리아, 캄파눌라……. 꽃들도 그녀의 이름을 부르며 화답했다. 에밀리꽃! 에밀리는 라틴어 아이물라aemula에서 왔다. 경쟁자라는 뜻이다. 에밀리는 그 어떤 백합보다 더 하얗고 어떤 연회에서도 찾을 수 없는 꽃이다.

대서양에 면한 소도시 스카버러에 뉴잉글랜드 지방에서 가장 아름다운 길이 있다. 그 길을 따라 삼나무 목으로 지은 큰 집들이 자리하고 있는데, 바다를 마주한 이 집들은 햇빛을 흠뻑 받아 반짝반짝 빛나고 유리창문마다 파란 하늘과 바다가 비친다. 집 앞으로는 수목이 무성한 모래언덕과 노란 설탕처럼 보일 정도로 고운 모래 백사장이 있고 그 너머로 바다가 끝없이 펼쳐진다. 집 뒤로 난 길을 하나 건너면 숲과 늪지밖에 보이지 않는다. 그러니까 집들이 정확하게 두 야생 지역의 경계선에 있는 것이다. 어떻게 보면 이야말로 완벽한 집이 아닐까 하는 생각이 든다. 집은 항구이자 안식처가 아니던가!

나는 그 아름다운 길에서 절대 살 수 없을 것이다. 거리 이름이 매서커레인*이다. 1697년에 '미친 눈깔' 리처드 스톤월이라는 사람이 이곳에 묻혔는데 유령이

* Massacre Lane, '대학살 거리'라는 뜻.

되어 나타난다고 한다. 스톤월은 죽기 몇 년 전에 아내와 젖먹이를 원주민들에게 잃고 복수를 하려다가 이곳에 묻혔다. 또 같은 부족 원주민들의 공격으로부터 프라우츠넥 지역을 지키기 위해 많은 식민지 정착민들이 목숨을 잃었다. 1703년에는 열여덟 명이 죽었다. 그렇게 죽은 유령들이 무서워서 매서커레인에서 살 수 없다는 것이 아니다. '학살'이라는 말을 하루에도 열두 번씩 우편물에서, 서류에서, 배송전표에서, 도로 지도에서 볼 자신이 없다. 집에 오려는 부모님과 친구들에게 주소를 알려주고 상품을 주문할 때 철자를 불러주면서, 일주일에 최소 열 번은 내 입으로 거리 이름을 말하는 것을 상상할 수가 없다. 사실 나를 불편하게 하는 것은 학살이라는 말 자체보다 학살이라는 행위가 거리의 이름으로 대체되고(그래서 무력화되고) 동시에 확장된다는(그래서 영속화된다는) 사실이다. 내게 모든 길은 종이 길이다.

우리는 매서커레인에서 멀지 않은 곳에서 새집을 찾았다. 그 집도 바다를 보고 있다. 셸(조개), 펄(진주), 십랙(난파선), 베스퍼(저녁 기도), 모닝(아침)이라는 이름을 가진 길들이 있는 마을이다.

처음으로 문을 열고 안으로 들어섰을 때 바로 우리

집이라는 느낌이 왔다. 들어서자마자 식당의 커다란 창을 통해 바다와 하늘이 한눈에 들어왔다. 위층에서도 같은 풍경이 펼쳐졌다. 백사장, 바다, 하늘……. 오른쪽으로 눈을 돌리면 원근법이 무엇인지 보여주는 그림처럼 베이스트리트에 있는 삼나무로 지붕을 얹힌 흉한 집들이 해안을 따라 갈수록 점점 더 작아졌다. 프라우츠넥 너머 수평선으로는 비더퍼드가 희미하게 보였다. 마치 등대에서 해안을 내려다보는 느낌이었다.

***

보스턴 집에 살았을 때 구매했던 가구와 짐 상자들이 도착했다. 우트르몽으로 돌아가게 되었을 때 이 년 동안 임대창고에 맡겨두었던 것들이다.

상자를 열 때마다 다른 사람들의 물건이 들어 있기나 한 것처럼 나는 화들짝 놀랐다. 그렇게 몇 달 동안 우리는 미스터리한 타인의 삶을 경험했다. 한 상자에는 기저귀 쓰레기통이 들어 있었고 다른 상자에는 젖병과 솔, 건조기, 비누 등 젖병 소독에 필요한 기구들이 들어 있었다. 거실에 쌓인 상자들 사이에서 놀고 있는 딸을 쳐다봤다. 딸은 네 살이 되었다. 젖병을 빨던 아이는 이제 없다.

마지막 상자에 귀뚜라미와 작은 판화가 들어 있었다. 판화의 제목은 내가 생각했던 것처럼 진북True North이 아니라 진방위각True Azimuth이었다. 둘은 같은 말이 아니다. 방위각은 물체의 방향과 기준이 되는 방향(주로 자북Magnetic North이 기준이 된다) 사이의 각을 말한다.

모든 진실을 말하라. 하지만 비스듬히 말하라.

에밀리가 말했다. 그도 나처럼 여행을 싫어했다.

벽난로 위에 귀뚜라미를 올려놓았다. 드디어 귀뚜라미가 제자리를 찾았다.

마호가니 가구는 훌륭한 동반자다. 든든하고 충실하며 말이 없다.

하지만 그 표면에 그려진 장미 넝쿨은 정원에 핀 장미와 비교하면 보잘 것 없다. 향도 없고 꽃잎도 부드럽지 않고 아침 이슬도 맺히지 않는다. 게다가 화가가 가시를 그리는 것도 잊어버렸다.

에밀리는 방 창문이 모두 손가락 두 개만큼 열려 있는지 확인했다. 세 개는 안 된다. 그래야 스컹크 냄새는 빼고 은방울꽃 향기만 들어올 수 있다. 커튼을 조금 당겼다. 달이 거의 꽉 찼다. 옛 은화처럼 보였다.

에밀리는 버터 그릇 옆, 의자에 편하게 앉아 있는 라비니아의 고양이를 부엌 밖으로 내보내고, 벽난로 선반 위, 측면이 금색으로 빛나는 책들을 바로 세우고 무릎을 꿇어 벽난로의 불이 잦아졌는지 확인했다.

에밀리는 침대맡 협탁에 오일 램프, 물병, 에머슨의 시집을 내려놓고 발가락으로 침대 밑에 요강이 있는지 확인했다. 문이 닫혔다. 우주가 닫혔다. 아무것도 빠져나오거나 비집고 들어갈 수 없다. 출항 준비가 끝났다.

***

한밤중에 에밀리가 일어나 창가로 갔다. 발을 뗄 때마다 마룻바닥에서 삐걱거리는 소리가 났다.

에밀리는 마루판의 이름을 모두 알고 있었다. 도, 레, 미, 파, 솔, 라, 시, 도.

낮에는 글을 쓸 수가 없어 자주 밤중에 일어나 편지를 썼다. 참새 다리에 묶어 보내려는 듯 열 줄, 여덟 줄, 일곱 줄짜리 한없이 가벼운 편지들이었다.

거위 깃털 펜촉이 종이를 긁는 소리는 생쥐가 호두 껍질을 갉는 소리와 비슷했다. 이 소리는 집이 잠들고 밤과 아침 사이 공백의 시간에 램프 불빛의 좋은 친구가 되어주었다. 종이에 몸을 숙이고 있는 이 시간엔 절대 외롭지 않았다. 손에는 거위의 기억이 들려 있고, 방 한 귀퉁이에는 상상 속 생쥐가 찍찍거리고, 등잔불에는 거대한 고래에서 추출한 기름이 타오르고, 여덟 개의 다리를 가진 특별한 해양 동물의 배에서 나온 잉크가 있으니까. 종이에 펜촉이 닿기도 전에 잉크는 벌써 경이로운 이야기들을 들려주었다.

에밀리 디킨슨이 살아 있는 동안 출간된 시는 몇 편 안 된다. 그것도 대부분 과도하게 편집된 후에 익명으로 출간되었다. 에밀리는 '쓴다'는 것은 목적어가 없는 자동사일 뿐만 아니라 그 자체로 목적이 될 수 있다고 오래전에 결론지었다. 무슨 이유로 출간을 하겠는가? 바이런과 셰익스피어의 이름을 인쇄했던 활자 조판의 도움을 받아 책이나 신문에서 자신의 이름을 보고 싶은 고약스러운 자기만족을 위한 것이 아니라면. 만약 수백 혹은 수천 쌍의 낯선 눈이 무관심하게, 또는 얕은 호기심만으로 자신이 쓴 글 위에 놓이기를 원하는 것이라면, 그런 헛된 쾌락을 위한 것이라면, 그 과정에서 글은 이미 더럽혀지거나 진부한 것이 되고 만다.

하지만 글쓰기는 본래 타인을 위한 것이 아닌가? 에밀리가 창문 너머로 관찰하는 사람들처럼 마차를 몰고, 계약을 체결하고, 소를 팔고, 옷감을 처분하며 열심히 일하는, 실재하는 존재들을 위한 것이 아닌가? 아니면 적어도 우리가 항상 이상화하는 타인, 육체를 초월한 숭고한 존재이자 확대경처럼 영혼을 고양시켜 주는 상상 속의 독자를 위한 것이 아닌가?

마운트 홀리요크 여학생들이 백마 탄 왕자님이나 부잣집 도련님을 꿈꿀 때 에밀리는 이 상상 속의 독자를 오래전부터 꿈꿨다. 에밀리는 이 독자가 모든 면에서 우월하다고 생각했다. 그는 뛰어난 식견을 가진 고매하고 위대한 인물이다. 오직 그만이 자신이 쓴 시의 가치를 제대로 볼 수 있다. 이 인물이 시도 싣는 잡지의 편집장이라면 어떨까? 상관없지.

에밀리가 독자를 기다리는 동안 책상 서랍에는 포장지와 종이상자와 봉투가 차곡차곡 쌓여 금방이라도 무너질 것 같은 종이 성이 되었다.

“에밀리! 언니에게 깜짝 소식이 있어!”

라비니아가 흥분한 것을 보니 편지가 온 모양이라고 에밀리는 생각했다. 어쩌면 소포도 같이 왔을지 모른다. 책일까?

에밀리는 두근거리는 가슴을 안고 방에서 나와 세 걸음만에 계단에 도착했다. 그런데 사람의 목소리가 들렸다.

“손님이 오셨어!”

에밀리는 기대가 배반당해서인지 심장이 쪼그라들었다가 마구 뛰기 시작했다. 정말 깜짝 놀랄 소식이었고 또 고약한 소식이었다. 에밀리는 방에서 혼자 조용히 편지를 읽을 생각이었다. 조심스럽게 봉투를 열고 편지를 꺼내 냄새를 맡은 후에 펼쳐서 글자들에 눈을 맞추고, 한 번 훑어보고 또 한 번 훑어보고 다시 여기저기 읽고 나서 편지를 가슴에 대고 누워 눈꺼풀 속에서 소용돌이치는 글자들을 느끼려고 했었다. 그런데 살과 뼈를 가지고 있는 실제 존재와 맞닥뜨려야 하다니. 오는 길에 구두에 진흙이 잔뜩 묻었을 손님에게 미소를 짓고 안부를 묻고 답을 듣는 척하고, 이 모든 일을 마치고 나서야 마침내 혼자가 되어 편지를 쓰거나 아니면 받았던 편지를 다시 읽는 행복을 되찾을 수 있을 것이다. 에밀리는 발뒤꿈치를 들고 마룻바닥이 삐걱거리지 않도록 조심하면서 손님과 방으로 돌아와 문을 닫았다. 카를로가 주인을 올려다봤다. 개들에게는 인간이 갖지 못한 엄청난 장점이 있다. 인간이 어찌해 볼 수 없는 장점이다. 개들은 말을 하지 않는다.

"정말 잘 읽었습니다. 보내주신…… 글이요." 손님이 말했다. 그가 입을 열자마자 아주 크고 많은 치아가 눈에 들어왔고, 그에게 자신의 시 몇 편을 보낸 것이 큰 실수였다는 것을 깨달았다. 시를 보낸 것은 출간을 위해서가 아니라 그가 자신의 비밀을 꿰뚫어 봐주었으면 하는 바람에서였다.

에밀리는 조심스럽게 고개를 끄덕였다. 남자가 건넨 칭찬만큼 의미 없는 행동이었다. 어떻게 이 남자가 자신을 읽을 수 있을 것이라 생각했을까? 아니, 그보다 왜 남자들은 사진이나 신문기사나 서신을 통해 상상하는 것보다 더 못한 것일까? 답은 뻔했다. 에밀리가 애정을 느끼는 대상은 종이 위에 있는 존재들이다. 종이 위 존재들은 나중에 에밀리가 알게 된 고매한 시민들, 구두를 신고 수염을 기르고 천식을 앓고 악취를 풍기며 멜빵을 멘 남자들과는 아무런 관련이 없다. 몇 년 전부터 에밀리는 종이 위의 존재가 되려고 노력하고 있다. 먹는 것을 중단하고, 땀과 피를 흘리지 않고, 오직 읽고 쓰기만 하는 존재가 되려고 했다.

남자가 헛기침을 했다. 찾아주어서 고맙다고 말하고 내보낼까? 너무 빠른가?

"네, 그러니까…… 아주 흥미로운 이미지가 많았습니다. 그런데 군데군데, 어떻게 말을 해야 할지 모르겠습니다만……."

남자가 너무 불편해해서 도와줘야 하나 싶은 생각이 드는 한편, 에밀리는 화가 났다. 남자가 아니라 자신에게 화가 났다. 왜 다시 희망을 품었을까? 바보처럼.

"약간 어둡다고나 할까요, 복잡하다고나 할까요. 당신처럼 젊은 숙녀가 꼭 과학 용어를 써야 했을까요? 정확히 '원주'의 뜻이 뭐죠? 명제, 문헌학, 이런 말을 쓸 필요가 있었을까요? 수학보다는 감정을 이야기하는 게 어때요?"

에밀리의 침묵에 남자는 갈수록 대담해졌다. 친근한 목소리로 말을 계속했다.

"무엇보다도 당신의 글을 시라고 할 수 있을지 모르겠습니다. 산문이지 않습니까?"

더는 참을 수 없었다. 끔찍했다.

"왜 그렇게 생각하시죠?"

에밀리가 침착한 목소리로 물었다.

남자는 당황했는지 수염이 무성한 턱을 만졌다. 어떻게 에밀리는 남자들이 털이 수북한 동물이라는 것을 매번 잊을 수 있을까?

“아주 간단하죠. 각운이 없잖습니까!”

바로 그거였다. 리옹 선생님의 각운 수업이 떠올랐다. 완전운, 완전 동일운, AABB 형식. cat[고양이], hat[모자]. fish[생선], dish[그릇]. love[사랑], dove[비둘기]. 바보 같은 짓거리.

에밀리는 ‘완전한’ 것이나 ‘동일한’ 것, 그 밖의 어떤 각운에도 관심이 없었다. 에밀리가 아는 것은 불완전하거나 틀린 것밖에 없다. 시는 그래야 한다.

에밀리는 천천히 일어나, 고개를 숙여 인사하고, 등을 돌렸다. 이 일련의 행동에도 각운은 없다. 웃음이 나왔다.

세상. 세상은 오렌지만큼 작다. 그리고 놀라울 정도로 복잡하며 믿을 수 없을 정도로 단순하다. 글은 세상을 대체하기도, 재창조하기도, 파괴하기도 한다. 세상은 창문 너머에 있다. 다시 말해, 세상은 존재하지 않는다. 존재하는 것은 촛불이며, 다리 밑에 있는 강아지이며, 순면 침대 시트이며, 사전 속에서 정원jardin과 하루journée 사이에서 잠을 자고 있는 재스민jasmin이며, 벽난로에서 타고 있는 장작이며, 서랍 안에서 숨 쉬고 있는 시들이다. 세상은 어둡고 방은 환하다. 시들이 방을 환하게 비추고 있다.

재단사가 약속한 시간에 문을 두드렸다. 기다리고 있었던 터라 여자는 바로 문을 열어주었다. 차도 벌써 탁자 위에 놓아두었다. 몇 달 만에 만난 두 여자는 살아 있는 사람들, 죽은 사람들, 새로 태어난 아이들 소식을 잠시 교환한 후에 2층으로 올라갔다.

"올해는 좀 다른 걸로 해볼까요?"

재단사가 장식줄, 천, 초크, 연필, 박엽지를 펼쳐놓으며 말했다.

"아니에요. 똑같은 걸로 해주세요."

재단사가 고개를 들었을 때 이미 여자는 깃을 활짝 펴고 있는 공작이 그려진 일본 병풍 뒤에서 옷을 벗고 있었다. 여자의 정수리와 블라우스를 벗고 있는 파리한 두 팔이 보였다.

"약간 색이 들어간 옷은 어때요?"

재단사는 포기하지 않았다.

여자가 코르셋과 속치마만 입고 나왔다. 재단사는 서둘러 어깨, 가슴, 허리, 엉덩이, 팔 치수를 쟀다. 작년과 꼭 같았다.

"흰색으로 똑같은 옷 세 벌 만들어주세요."

"흰색 세 벌요?"

재단사는 자신의 신념에 반하는 요구를 받기나 한 것처럼 매우 언짢아했다.

"네. 흰색 세 벌이요."

여자는 다시 한번 강조하고 옷을 입기 시작했다.

재단사는 가져온 물건을 주섬주섬 정리하면서 한숨을 내쉬고는 식어버린 차를 한 모금 홀짝 마시고 일어섰다. 라비니아가 재단사를 현관까지 배웅했다. 그동안 에밀리는 방에서 꼼짝하지 않았다. 옷은 가슴께가 약간 클 것이고 소매도 조금 많이 짧을 것이다. 동생과 자신의 몸이 완전히 똑같지는 않으니까…….

에밀리는 자신을 대신해서 동생이 사랑을 할 수만 있다면 비로소 완전히 자유로워질 것이라고 생각했다.

나무들이 불어오는 바람에 불꽃처럼 춤을 추었다. 에밀리는 황송하게도 잠시 땅을 내려다보는 신의 거대한 손이 보고 싶어졌다. 고개를 들어 하늘을 보았지만 보이는 것은 밤의 어둠뿐이었다.

사물들이 흐릿하게 보인다는 사실을 받아들이는 데 오래 걸렸다. 그것이 자신의 착각이거나 어둑한 램프 때문이 아니라는 것을 받아들이는 데는 더 오래 걸렸다. 하지만 잠잘 때 눈에 찾아오는 고통은 부정하기 힘들었다.

애머스트의 의사가 보스턴에 있는 안과 전문의를 소개해주었다. 보스턴은 애머스트에서 여섯 시간밖에 떨어져 있지 않지만 에밀리에게는 세상의 끝이었다.

***

에밀리는 진료실 옆에 있는 대기실에서 보스턴의 귀부인 세 명과 함께 진료를 기다렸다. 각진 턱과 파란 눈, 상냥한 웃음, 티끌 하나 없는 말끔한 블라우스, 세 여자는 사촌이나 자매가 아닐까 생각될 정도로 비슷하게 생겼다. 보스턴에서는 어디를 가나 자신이 외지인처럼 느껴졌지만, 지금처럼 고양이들 사이에 있는 강아지처럼 느껴지는 건 처음이었다.

진료실 문이 열렸다. 에밀리 차례였다. 동그란 안경을 쓴 키 작은 남자가 나왔다. 에밀리는 머리가 벗어지고 배가 많이 나온 그 의사에게 두려움을 느꼈다.

의사가 청진을 하며 이것저것 물었다. 에밀리는 자신이 겪고 있는 고통을 설명하려고 애썼지만 말이 잘 나오지 않았다. 의사가 에밀리의 눈에 불을 비추고 의미 없이 쭈욱 늘어놓은 글자들을 읽어보라고 했다. 글자들이 점점 더 작아졌다. 의사는 이번에는 아무 말 없이 다시 진료를 시작했다. 에밀리는 기요틴의 날이 떨어지기를 기다리는 사람처럼 의사의 심판이 떨어지기를 기다렸다.

"제 생각에는……."

의사가 말을 멈추고 잔기침을 했다.

"시력을 잃을 것 같지는 않습니다."

에밀리는 안도의 숨을 내쉬었다.

"하지만 병이 상당히 진행된 상태입니다. 무엇보다도 눈을 쉬게 해야 합니다. 조금이라도 시력이 개선되려면 두 달, 아니 세 달 동안 책을 읽고 글을 쓰는 것을 멈춰야 합니다."

에밀리는 숨을 멈췄다. 시력은 되찾았지만 공기가 차단되었다.

그것이 다가 아니었다.

"두세 달 동안 움직여서도 안 됩니다. 보스턴에 머무르시는 게 좋겠군요."

병원에서 친척 집으로 돌아가는 동안 에밀리는 상점들의 간판과 진열창에 적혀 있는 글을 읽지 않으려고 애를 썼다. 문자가 없는 삶을 연습하기 위해서.

에밀리는 집도 아닌 곳에서, 책도 없이 암흑 속에 묻혀 두 달을 보냈다. 이중의 유배였다.

애머스트로 돌아왔을 때, 에밀리는 계단을 뛰어올라 방으로 들어가 문을 닫고 셰익스피어의 《소네트집》을 펼쳤다. 마침내 집으로 돌아왔다.

에밀리는 어렸을 때 다른 사람이 쓴 책에 꽃을 끼워 넣어 말리는 것에 만족했지만, 어른이 돼서는 잡을 수 없는 새와 구름을 직접 하얀 종이 위에 옮기려고 애썼다. 하지만 새와 구름은 에밀리의 바람을 외면하고, 저 멀리 날아가버리겠다고 끊임없이 위협했다.

어느 날 에밀리는 자신의 시 몇 편을 편지 봉투에 담아 토머스 웬트워스 히긴슨에게 보내기로 결심했다. '너무 바쁘시지 않다면 제 시들이 살아 있는지 봐주실 수 있을까요?'라는 메모를 동봉했다.

편지를 받고 놀란 남자가 시를 해독하고 신중하게 답을 하는 모습이 그려졌다. 남자는 편지로 에밀리에게 친구가 있는지 물었다. 에밀리는 이렇게 답했다. '아버지가 선물한 저만큼 큰 개 한 마리와 언덕. 그리고 당연히, 아포칼립스. 이들이 저의 친구들이에요.'

'출간하지 마십시오.'

시를 읽은 후 히긴슨은 에밀리에게 이렇게 답장했다. 다른 사람 같으면 충격에 빠졌을 이 조언을 에밀리는 반겼다. 무엇 때문에 출간을 하겠는가? 에밀리는 자신의 시가 출간되어 책으로 만들어지는 것을 원하지 않았다. 책은 무겁고 영구적이며 시가와 곰팡내가 난다. 세상에 나온 에밀리의 시 몇 편은 가볍고 하루밖에 살지 못하는 종이 신문에 실린 것이다.

에밀리는 종이에 글을 썼다. 하지만 봄 소나기와 거센 가을 바람을 잡을 만큼 커다란 화첩을 만들 수도, 눈송이를 납작하게 눌러 종이에 꽂아 표본집을 만들 수도 없었다. 에밀리는 시를 쓰는 곤충들을 꿈꿨다. 갑옷처럼 번쩍번쩍 빛나는 등껍질을 가진 곤충들이 긴 다리로 걸어서 콧대 높은 신사들과 숙녀들에게 다가간다. 우아한 숙녀들이 무당벌레를 보고 깜짝 놀라 비명을 지른다. 무당벌레도 파라솔이 꽂혀 있는 거대한 속치마들을 보고 소리를 지를 뻔했지만 참는다. 무당벌레야말로 진정으로 우아하다.

에밀리는 어두운 별자리의 언어를 배워서 별에서 읽

을 수 있는 시를 쓰기를 꿈꿨다. 그 시는 폐곡선과 원주에 보내는 복잡한 송가이자 꿀 속에서 벌이 쓴 황금 소네트이며 우리의 조물주께서, 만일 존재한다면, 천지를 창조하고 이레째 되는 날 휴식을 취하며 만들었을 노래다.

'출간하지 마십시오. 당신의 글은 출간하기에 너무 고귀합니다. 당신만을 위해 간직하세요. 그리고 괜찮다면, 저를 위해서도.'

아주 작은 여자가 눈앞에 나타났다. 몸이 땅에서 살짝 떠서 둥둥 떠 있는 것처럼 보였다. 남자는 여자가 그 어디에도 부딪히지 않고 부드럽고도 빠르게 움직이는 모습을 보고 발에 바퀴라도 달린 것은 아닌가 순간 의심했다. 흰옷을 입은 그 여자는 반짝이는 눈과 섬세한 얼굴을 가졌고 약간 불규칙적으로 움직였다. 여자는 양손에 하얀 백합을 한 송이씩 들고 다가와 남자에게 내밀었다.

"제 소개로 대신합니다."

남자는 어떻게 답을 해야 할지 몰라 커다란 꽃을 받아든 채 가만히 서 있었다. 그런 남자를 여자가 물끄러미 바라보았다. 잠시 후 여자는 고개를 한쪽으로 약간 기울였다. 날아갈 준비를 하는 새처럼. 남자가 고개를 숙여 인사했다. 고개를 들었을 때 여자는 이미 사라지고 없었다.

그날 저녁 남자는 아내에게 보내는 편지에 에밀리와 만난 일을 아주 상세하게 묘사했다. 그의 아내는 꽃을 잘 보관하지 그랬느냐고 남편을 나무랐다.

***

히긴슨은 지혜로운 사람이다. 지혜로운 사람들은 대개 에밀리를 잘 견뎌내지 못했다. 그래서 에밀리는 그런 사람들보다 나비와 메뚜기와 책과 함께하기를 더 좋아했다. 나비와 메뚜기와 책 역시 지혜롭지만 조용하다. 그들은 자신들의 지혜로 우리를 괴롭히지 않으며, 우리가 충분히 성숙했을 때 스스로 지혜를 얻어가기를 기다린다.

에밀리가 '눈'이라고 부른 이 시들을 남자는 섬세하고 가벼운, 언어로 짜인 매우 섬세한 레이스처럼 초현실적이라 느껴질 정도로 연약한 눈송이로 이해했다. 하지만 에밀리가 '눈'을 쓰면서 머릿속에서 그린 것은 휘몰아치는 눈 폭풍이었다.

집이 잠에 빠져들면 여자는 조용히 밖으로 나왔다. 커다란 가로수가 쭉 늘어선 고요한 거리, 몇 분 뒤 여자는 남자의 집 앞에 도착했다. 방 창가에 전등이 켜져 있다. 문을 두드리지 않고 곧장 안으로 들어갔다.

남자가 갑옷처럼 꽁꽁 싸맨 여자의 옷들을 양파 껍질을 벗기듯 한 겹씩 조심스럽게 벗겨냈다. 치마, 속치마, 코르셋, 블라우스. 남자는 여자의 어깨, 가슴, 배에 키스를 했다. 이제 여자가 남자의 옷을 벗겼다. 두 사람은 촛불을 켜놓고 침대로 들어가 서로를 안았다. 두 사람의 익숙한 냄새가 섞여 하나의 사향 체취를 만들었다. 달콤하면서도 톡 쏘는, 축축한 털 냄새. 두 사람은 물이 땅을 아는 것처럼 서로를 잘 알았다.

모든 것이 끝나고 여자가 허벅지를 닦았다.

남자는 여자에게 물었다. 백 번째 묻는 것이다.

"나와 결혼해주겠소?"

라비니아는 백 번째 답을 했다.

"아니요."

라비니아는 할 일이 많았다.

에밀리가 창문 앞에 앉아 있다. 거의 아무 일도 일어나지 않았다. 하늘, 나무, 멀지 않은 곳에 있는 에버그린스, 귀뚜라미 울음소리. 밤이 되었다. 사위가 칠흑처럼 어두워졌다. 하늘 한가운데에 굽은 등처럼 달이 떴고 에밀리의 심장은 천천히 찢어졌다. 거의 아무 일도 일어나지 않았다.

나는 여전히 홈스테드에 가야 할지 말아야 할지 결정하지 못했다. 꽃무늬 벽지와 삐걱거리는 마룻바닥, 그리고 메인스트리트와 11월의 정원으로 나 있는 2층 창문을 상상하려고 애썼다.

만약 홈스테드에 가게 되면 얌전하게 가이드를 따라다니다 나오지는 않을 것이다. 대신 침대 밑이나 문 뒤에 몰래 숨어서 조용히 저녁이 되기를 기다렸다가, 아무도 없을 때 밖으로 나올 생각이다. 그리고 창가로 가 어둠 속에서 가을 첫서리에 꽁꽁 언 정원을 내려다볼 것이다. 그렇게 밤새 에밀리 디킨슨의 정원을 나 혼자 차지할 것이다.

서른의 에밀리, 마흔의 에밀리, 쉰의 에밀리는 무엇을 기다렸을까? 사랑? 신? 파랑어치? 아니면 마침내 자신이 꿈꿔왔던 방식으로 자신의 시를 읽어줄 독자들? 혹시 그냥 죽음을 기다렸던 것은 아닐까? 매일 조금씩, 암흑 속에서 반딧불처럼 희미하게 깜박거리는 주문 같은 글을 쓰면서 밀쳐내려던 죽음을.

'원주, 경계에 머무르는 것이 저의 일입니다.' 에밀

리가 편지에 그렇게 적었다.* 실제로 에밀리 디킨슨은 항상 우물이나 심연 위 경계에 서서 균형을 잡으려고 노력하는 사람처럼 보였다. 이 세계와 저 세계, 시와 글로 표현할 수 없는 것 사이의 경계에서 한 손엔 사과를 들고 다리 하나는 무덤 속에 걸치고 서 있었다.

* My business is circumference, 1862년 히긴슨에게 보낸 편지.

에밀리 디킨슨의 친필 원고는 현재 하버드 대학교 휴턴 도서관에 보관되어 있다. 직접 열람은 불가능하지만 사본을 볼 수 있다. 여러 사람에게 보낸 서간의 경우도 마찬가지다. '디킨슨의 방'이라고 짧게 명명된 전시실도 있다. 그곳에는 디킨슨 가문이 소유하고 있던 가구, 책, 카펫 등 여러 물건이 전시되어 있다. 물론 실제 시인의 방은 아니다. '디킨슨의 방'은 매주 금요일 오후 2시에 방문이 가능하다.

식물 표본집 역시 나뭇잎이 종이처럼 부스러질 위험이 있어서 직접 보는 것은 불가능하다. 도서관에서 볼 수 있는 식물 표본집은 복사본이다.

우리가 보스턴에 사는 동안 하버드 대학교의 거대한 캠퍼스에 가본 것은 고작 두 번이었다. 오래된 나무들과 붉은 벽돌 건물들은 영화에서 수없이 본 탓인지 마치 영화 세트장 같은 인상을 받지 않을 수가 없었다. 바삐 움직이는 학생들 역시 학생 역할을 위해 고용된 엑스트라 배우들 같았고, 미 동부의 명문 사립대학교 아이비리그(하버드, 예일, 프린스턴, 다트머스)를 상징하는 건물 벽을 뒤덮은 담쟁이덩굴마저 하버드 대학교라는 것을 표현하기 위해 일부러 붙인 것처럼 보였다.

처음으로 하버드의 웅장한 도서관에 발을 들였을 때 내 눈길을 사로잡은 것은 바닥에서부터 천장까지 솟은 서가였다. 하버드에서 진짜 같은 것은 책뿐이었다.

***

스물다섯 살 때 가브리엘 루아의 친필 원고를 열람하러 오타와 국립 도서관에 간 적이 있다. 나는 가브리엘 루아의 미완 자서전《비탄과 환희La Détresse et l'Enchantement》의 후속작 출간 프로젝트에 고용되어, 석박사과정 학생들 몇 명과 함께 준비 작업을 하고 있었다. 《비탄과 환희》는 가브리엘 루아 책 중에서 가장 유명한 책이고 또 내가 아주 좋아하는 책이다.

이십 년이 지난 지금도 가브리엘 루아의 십여 쪽짜리 친필 원고를 흰 장갑을 착용하고 열람했던 그날을 생생히 기억하고 있다. 그 원고는 나중에《그리운 시간들Le Temps qui m'a manqué》로 다시 태어났다. 나는 '프티트 리비에르 생 프랑수아'에 있는 작가의 생가를 한 번도 방문한 적이 없고, 작가가 남편과 함께 수년 동안 살았던 퀘벡의 그랑드 알레 거리의 '샤토 생 루이' 앞에 위치한 집을 지날 때도 별다른 감흥을 느끼지 못했다. 뿐만 아니라 초판이라든가, 작가가 서명한 책이라든가, 희귀본 따위의 기념본을 수집하는 데도 관심이 없었다. 그럼에도 그날 아침 예상하지 못한 감정이 나를 덮쳤던 것이 잊히지 않는다. 내 두 손에 나비 날개처럼 연약하지만 수년의 세월을 견뎌낸 것이 들려 있었다. 이 종이들이 가브리엘 루아의 진정한 집이자, 마지막 숨을 내뱉는 순간까지 짓고 있었던 건물이었다. 완성되지 못했지만 꿋꿋이 서 있었다.

만약 애머스트에 끝내 가지 않는다면, 내가 에밀리 디킨슨을 만나고 또 재발견할 수 있는 유일한 장소는 그가 지은 시라는 집이다. 하지만 우리는 같은 언어로 말하지 않는다. 에밀리는 시로, 나는 산문으로 말한다.

시는 낯선 언어다. 프랑스어를 읽고 말하는 사람에게 영어로 쓰인 시는 두 배로 낯설고 두 배로 어려운 미지의 세계다.

처음에는 아무것도 이해하지 못한다. 그렇게 아무것도 이해하지 못한다는 것을 알게 되면 반쯤 온 것이다.

그러다가 단어와 이미지들이 계속 되돌아온다. 반쯤 잊힌, 아무리 고민해도 좀처럼 의미를 이해할 수 없는 꿈처럼 단어와 이미지들이 우리의 머리를 떠나지 않는다. 하지만 우리에게 자신들의 의미를 알려주는 것은 다름 아닌 바로 그 단어와 이미지들이다. 단어와 이미지들은 조심스럽게 다가와 우리를 자기편으로 만든다. 그러면 우리는 숲속을 뛰어다니듯 시 속을 뛰어다니게 된다. 숲은 여전히 안개가 자욱하지만, 점차 한 줄기 햇빛이 나무들을 뚫고 들어온다. 얼마 지나지 않아 우리는 새들과 동물들, 검은 연못과 키가 큰 참나무들을 발견하고 숲에서 살게 된다. 곧 이 숲은 우리 안에서 점점 더 울창해진다.

오스틴은 오십이 넘어 디킨슨 가문 사람이라고는 생각할 수 없는 일을 저지르고 말았다. 정부를 둔 것이다. 오스틴보다 스물다섯이나 어린 메이블은 활기차고 영리하고 뛰어난 미모를 가졌다. 그리고 남편이 있었다. 천문학자인 메이블의 남편은 부인의 외도에 결코 동요하지 않았다. 하지만 수전은 아니었다. 수전은 남편이 젊은 여자와 저녁을 보낸 뒤 그다음 날 적은 일기를 읽고 무너졌다. 루비콘 강이었다.

에버그린스에 불빛이 사라졌다. 해가 지면 집은 어둠에 잠겼다. 사랑은 다른 곳을 밝히려고 떠났다.

새벽부터 위급하게 울리는 종소리 때문에 에밀리가 잠에서 깼다. 소란스러운 소리가 거리에서 올라왔다. 말들이 발로 땅을 차는 소리, 사람들의 고함, 그리고 멀리서 들려오는 폭발 소리가 뒤섞여 난리라도 난 것 같았다.

라비니아가 에밀리의 방에 급하게 들어왔다. 잠옷 차림에 머리도 풀어헤친 채였다.

"걱정 마, 아무것도 아니야, 언니. 오늘 독립기념일이야. 7월 4일! 알지?"

에밀리는 심각한 얼굴로 알았다고 했다. 재난이 발생하면 자신에게 거짓말을 해달라고 동생에게 부탁했었다. 에밀리는 믿는 척했다.

"맞아. 깜박했어. 그런데 어머니를 보러 가야 하지 않을까? 어머니도 걱정하실 거야."

자매는 어머니 방으로 가서 침대 끄트머리에 앉았다. 어머니는 아침 늦게까지 잠을 잤다. 밖은 종소리, 말발굽 소리, 사람들의 함성으로 여전히 소란스러웠다. 자매는 카드를 쳤다. 창문을 꽉 닫았는데도 독한 연기가 들어왔다. 라비니아가 에밀리의 머리를 두 갈

래로 따서 화관처럼 머리에 둘러주었다. 자매는 돌아가며 서로에게 성경 구절을 읽어주고 어디서 따온 구절인지 맞히는 놀이를 했다. 정오쯤 소란이 잦아들자 두 사람은 부엌으로 내려가 계란을 삶고 아침 식사를 준비했다.

"내가 그랬잖아. 독립기념일이라서 그런다고."

라비니아가 말했다. 잡화점과 주택 일곱 채가 자리한 마을 반대편, 기껏해야 몇 십 미터밖에 떨어지지 않은 곳에서 아직도 연기가 올라오고 있었다.

찻물을 끓이면서 에밀리는 생각했다. 만약에 바람이 반대 방향으로 불었다면 자신도 모든 것을 잃었을 것이라고. 종이는 너무 잘 타니까.

에밀리가 흰옷만 입은 지 두 해가 넘었다. 흰색은 책상 서랍 속에 꼭꼭 숨겨놓은 기이한 눈송이 시들과 어울리는 색이다. 에밀리는 눈송이 시들이 다른 사람들의 손에 있으면 녹아버릴까 봐 사람들에게 보여주지 않았다. 반대로 라비니아의 옷 색깔은 점점 더 짙어졌다. 라일락색에서 진보라색으로 변했다가 밤색으로 옮겨가더니 얼마 안 가 검은색이 되었다. 과거의 죽음과 앞으로 올 죽음을 동시에 추모하듯 라비니아는 검은색 옷만 입었다.

라비니아는 언니의 고독을 정성을 다해 보호해주었다. 시내에서는 사람들이 조소와 동경이 섞인 표현으로 에밀리를 '은둔의 여왕' 혹은 '미지의 여인'이라고 불렀다.

어느 날 아침 예고도 없이 한 손님이 문 앞에 나타났다. 말끔히 면도하고 바이올렛 꽃다발을 손에 쥔 손님에게 라비니아는 에밀리가 내려올 수 없다고 알렸다.

"상관없습니다. 제가 2층으로 올라가겠습니다."

손님의 반응에 라비니아가 펄쩍 뛰었다. 2층 계단에 있던 에밀리 역시 펄쩍 뛰었다.

"올라간다고요? 그러지 말고 거실에서 차 한잔하시는 것은 어떨까요?"

라비니아는 꽃다발을 받아 들고 손님을 거실로 안내한 후 차를 준비하러 부엌으로 갔다. 에밀리는 마지 못해 거실로 향하는 발소리를 들었다. 그런데 그 발걸음이 갑자기 방향을 틀어 계단으로 향했다.

에밀리는 자신의 방으로 뛰어가 문을 닫았다. 손님이 방문 앞에서 큰 소리로 말했다.

"당신의 시에 대해 말하려고 왔습니다."

이렇게 말하면 '열려라 참깨'처럼 문이 저절로 열릴 것이라 생각한 걸까. 문은 열리지 않았다.

에밀리가 말했다. "그럼 말해보세요."

손님은 갑자기 무슨 말을 해야 할지 생각이 나지 않았다. 그가 말문이 막히는 일은 자주 있는 일이 아니었다. 사실 그는 에밀리가 지은 이상한 시에 대해 물어보고 싶었다. 그 시에는 글만큼 많은 침묵이 있었고, 이유는 알 수 없지만 우연히 바닷가에서 주운 병 속의 암호로 된 편지를 생각나게 했다. 남자는 바닥에 앉았다. 바닥 문틈 사이로 빛이 새어 나왔다. 아래층에서 라비니아가 남자를 불렀다. 남자는 대답하지 않았다.

"왜 시를 출간하고 싶어하지 않나요?"

그가 노란 빛줄기에 대고 물었다.

그것은 남자가 묻고 싶은 정확한 질문은 아니었다. 남자가 정말 이해할 수 없는 것은, 이 이상한 여인이 자신의 시를 대중에게 소개하는 것은 완강하게 거부하면서 왜 자신에게는 시를 보냈느냐는 것이다. 왜 자신일까? 다시 말해, 에밀리의 시가 아니라 왜 자신이었는지에 대해 얘기를 나누고 싶었다.

에밀리는 문에서 떨어져 창가로 갔다. 가슴이 진정되었다. 하지만 단풍나무 잎 사이로 홍관조의 붉은색 깃털이 보이자 다시 마구 뛰기 시작했다.

에밀리가 삼을 꼬아 창에 매달아놓은 밧줄이 바람에 조금씩 흔들렸다.

다람쥐가 사다리처럼 밧줄을 타고 올라오라고 매어놓은 것이 아니다. 몇 마리가 시도하기는 했었다. 밤에 달빛을 받으며 아무도 모르게 아래로 내려가기 위한 것도 아니다. 자주 그런 꿈을 꾸기도 하지만. 에밀리가 창에 밧줄을 매단 이유는 나무 바구니에 새하얀 보를 깔고 생강 쿠키를 가득 담아, 아래에서 기다리고 있는 조카들에게 내려 보내기 위해서다. 사람들은 에밀리 디킨슨이 쿠키를 구웠다는 사실에 놀라지는 않지만, 고모였다는 사실에는 놀란다. 왜일까?

시인에게는 가족이 없을 것이라고 생각하기 때문이다. 당연히 잘못된 생각이다. 에밀리도 누군가의 딸이고 언니이자 사촌이다. 가족이 없는 것은 시다.

***

오스틴과 수전의 세 아이들 중 에밀리는 막내 길버트를 특별히 아꼈다. 유일한 아들인 길버트는 금발머리에 행성처럼 동그란 눈을 가진 아이였다. 길버트는 글라디올러스 언덕을 거닐면서 온갖 재미난 것들을 발견하고 놀라워했다. 나무에서 떨어진 새 둥지, 파란색 실을 뽑아내는 애벌레, 땅바닥에 난 개 발자국. 하얀 옷을 입고 창가에 몸을 내민 채 서 있는 독신녀와 세발자전거에 앉아서 고개를 들고 하늘을 올려다보는 아이가 이야기를 나누는 모습을 나무들이 천 개의 녹색 눈으로 지켜보았다.

에밀리는 조카와 함께 새로운 눈으로 세상을 다시 발견하고 있었다. 그리고 조카는 거의 마지막으로 고모와 함께 세상을 보고 있었다. 두 사람은 모르고 있었지만 나무들은…… 나무들은 짐작하고 있었다.

에밀리 디킨슨의 인생에서 전환점이 될 특별한 사건을 찾는 것은 헛된 일이다. 수십 년 전부터 사람들은 중대한 사건이나 상처, 혹은 불행한 연애(상대가 남자든 여자든), 배신, 생의 절반을 은둔하게 만든 정신병이 없었는지 열심히 찾았다. 지어내기라도 할 기세였다. 대칭적 사고를 가진 사람들은 불행, 비극, 폭로 같은 사건들의 '전과 후'를 탐색했다. 인생의 정점을 봉우리인 동시에 중심부이자 축으로 삼으며, 그 삶을 산의 지형처럼 이해하려는 시도도 있었다. 하지만 아무리 파헤쳐도, 수많은 전기를 읽고 편지와 증언을 뒤져도 그와 같은 사건은 찾을 수 없다. 끔찍한 사건도, 단절의 순간도, 전환점도 없었다. 에밀리는 천천히, 조금씩 세상과 멀어졌다. 어쩌면 단순히 대부분의 사람들이 나이가 들면서 자신의 습관을 고수하며 점점 더 내면 세계로 숨듯이, 그도 자신의 성향대로 고독과, 고독에 필연적으로 따르는 침묵에 침잠한 것일 수 있다. 상상하기 어려운 일이 아니다. 나는 왜 더 많은 작가가 고독과 침묵을 선택하지 않는지 이해할 수 없다.

에밀리는 숨지 않았다. 은둔하지 않았다. 그는 사물의 중심에 서 있었다. 자신의 가장 깊숙한 곳에서 명상하며 정원의 벌들과 함께 하늘에서 빛을 내는 큰곰과 작은곰, 두 별자리 사이에서 균형을 잡고 해시계의 막대처럼 꼿꼿하게 서 있었다.

완벽한 삶이었다. 완벽하게 닫혀 있고 완벽하게 자신만으로 둘러싸인 삶. 계란처럼 둥글고 꽉 찬 삶. 하루는 돌고 도는 순환고리다. 여름에는 황금빛, 가을에는 구릿빛, 겨울에는 은빛, 봄에는 핑크빛으로 변하는 나무 꼭대기 위로, 해가 떠오르는 것으로 시작해서 반대쪽 하늘로 해가 사라지면 마무리된다. 그러면 백지 같은 칠흑의 밤이 찾아오고 다음 날 아침 다시 하루가 시작된다. 하지만 완전히 똑같은 날은 아니다.

이렇게 아름다운 반복 속에서, 그리고 멈춰버린 시간 속에서 에밀리는 순간순간 풀잎이 속삭이는 소리와 바람이 들려주는 이야기를 포착했다. 반복을 멈출 방법은 없다. 지구와 정확히 같은 리듬으로 태양 주위를 돌면서 현기증을 느끼며 사는 것 외에는.

가을은 우리가 필요 없다. 가지고 있는 화려한 황금과 청동만으로 충분하니까. 얼마나 많은지 껄껄껄 웃으면서 자신의 금은보화를 땅에 버릴 정도다. 가을은 알고 있다. 여름은 짧고 죽음은 길다는 것을.

에밀리가 창문을 살짝 열었다. 2층 방에서 보는 세상은 더욱 강렬했다. 인류 최초의 사진기인 십자 창틀이 카메라 오브스쿠라처럼 색의 농도를 더 진하게 만드는 것일까? 그보다 세상을 더 잘 보려면, 세상 전체를 빨아들이려면 자물쇠 구멍으로 세상을 봐야 한다.

***

에밀리 디킨슨에게 자신의 방밖에 없었다는 것은 사실이 아니다. 찌르레기의 노래, 잉크처럼 어두운 11월의 밤, 봄에 내리는 소낙비, 빵 굽는 냄새와 아래층에서 올라오는 친근한 목소리, 사과꽃 향기, 늦은 오후 태양에 달궈진 돌의 내음. 우리가 죽으면 그리워하게 될 이 모든 것을 가지고 있었다.

***

세월이 흐를수록 시인의 회전 반경이 짧아졌다. 도르래에 달아 돌리면 어느새 감겨 있는 줄처럼, 세월이 갈수록 시인은 중심을 향해 다가갔다. 방, 책상, 잉크병. 종국에 세상은 시인이 손에 쥔 펜촉 끝에 달려 있게 될 것이다.

에밀리의 손에 들린 펜이 혼자서 글을 써내렸다. 펜은 새들에 관한 이야기를 들려준다. 둥지 안에서 알이었던 시절과 불안한 첫 비행을 시도하던 날, 여름날 풀잎 사이로 비치는 녹색 광선과 가을 안개, 남쪽으로의 긴 여행, 봄이 되어 다시 찾아온 고향……. 소라 껍데기처럼 귀를 기울이고 종이의 소리를 들을 줄 아는 사람에게, 펜은 이 모든 이야기를 들려준다. 에밀리는 뭘 보면 그러지 않으려고 해도 처음과 끝을 봤다. 젖먹이를 보면 나중에 나이가 들어 노인이 된 모습을 상상했고, 노인을 보면 노인 자신도 기억하지 못하는 어린 시절을 꿰뚫어 봤다.

에밀리가 종이에서 펜을 뗐다. 잉크가 떨어졌다. 펜을 잉크병 대신 조심스럽게 손바닥으로 가져가 손금을 따라 선을 그렸다. 심장과 인생과 돈. 그리고 달팽이.

에밀리의 어머니는 한 번 쓰러지고 나서 몸이 많이 쇠약해졌다. 움직이거나 말은 할 수 있었지만 방법을 잊어버렸다는 듯 어눌했다. 대부분의 시간을 침대에 누워 보냈다. 딸들을 구분하지 못하거나 아예 알아보지 못할 때도 있었다. 어머니를 먹이고 씻기고 책을 읽어주고 밤낮으로 돌보는 것은 두 딸의 몫이었다.

매일 아침 에밀리는 달걀과 쌀죽, 신선한 빵, 우유를 탄 홍차를 들고 어머니 방으로 갔다. 방에 들어가서 가장 먼저 하는 일은 커튼을 열고 날씨가 어떤지 어머니에게 말해주는 것이다. 그러고 나서는 어머니를 일으켜 세워 허리에 쿠션을 받치고, 작은 은 숟가락으로 참을성 있게 식사를 입안에 넣어주었다.

에밀리는 자신에게 어머니가 없다고 말했다. '어렸을 때 무슨 일이 있으면 저는 항상 집으로 뛰어갔습니다. 그 사람은 끔찍한 어머니였지만 없는 것보다 나았습니다.'* 그런데 어느 날 갑자기 딸이 생긴 것이다.

* 1874년 히긴슨에게 보낸 편지.

작년에 우트르몽에 있는 집을 보수하면서 자그마한 부엌과 식당 사이에 있는 계단을 없앴는데(식당은 집이 처음 지어지고 사십 년쯤 뒤에 추가된 것이다) 계단 안에서 노랗게 바랜 카드가 나왔다. 모두 열두 장이었는데 보통 카드보다 약간 더 크고 기독교 성인들이 파스텔로 그려져 있었다. 카드에 그려진 열두 명의 성인들은 서커스단이나 교회, 혹은 집시 무리를 연상시키는 이상한 가족처럼 보였다.

파티마의 성모, 구근 모양의 왕관을 쓰고 맨발로 두 손을 벌리고 있는 캅의 성모(금박 무늬가 들어간 옷자락에는 별이 후광처럼 둘려 있다), 잃어버린 물건들의 수호성인 파도바의 성 안토니우스, 사도 성 안드레, 가르멜 산의 성모, 기도하는 교황(교황 비오 12세로, 1950년 희년 기도를 처음으로 낭송한 바 있다), 뒷면엔 '경탄하올 어머니'(성모님 머리 위로 아기 천사들이 내려다보고 있다)와 앞면엔 '영원한 도움의 성모', 십자가에 못 박힌 그리스도, 구유에 누워 있는 아기 예수, 부활하는 예수, 아이들에게 설교하는 예수, 그리고 손가락처럼 가늘고 긴 카드에 그려져 있는 양팔 가득 꽃을 안은 금발의 아기.

회칠을 한 계단 안에서 나온 이 대가족을 보고도 나는 놀라지 않았다. 항상 이 집에 우리 말고 다른 사람들도 살고 있을 것이라고 생각해왔으니까.

***

누가 사는 곳이 어디냐고 물어보면 나는 몬트리올이라고 말하는 것보다 우트르몽이라고 말하는 것을 더 좋아했다(몇 년 전에 두 지역이 병합되어 몬트리올이라고 하는 것이 행정적으로는 더 정확한 대답일 것이고, 적어도 외국인들에게는 우트르몽보다 몬트리올이 더 알려져 있는데도 나는 그렇게 말했다). 그런데 우트르몽 역시 내가 사는 곳이라고 말하기에는 너무 광대하다. 내가 사는 동네는 거리 하나와 두 개의 공원, 그리고 근처에 있는 산이 전부다. 반호른 대로로 나오면 벌써 우리 동네가 아니다. 허치슨이나 로리에 대로도 마찬가지다. 내가 사는 우트르몽은 20세기 초에 지어진 갈색 벽돌집만 있는 아주 작은 구역이다. 한동안 내가 우리 개 빅토르나, 나중에는 딸 조에를 유모차에 태워 산책을 할 때면 원주민들이 우리를 이상하게 쳐다보는 것 같다는 인상을 받았었다. 나의 우트르몽은 1917년(우리가 사는 집이 지어졌던 해)과 2017년(내가 이 글을 쓰고 있는 지금)을 연결하는 문이다.

벽에 있는 거울을 살짝 누르면 거울이 돌아가서 숨겨진 통로가 나오고, 그곳을 지나면 새로운 방이나 또 다른 거울이 나오는 비밀의 문.

보스턴으로 가면서 내가 두고 와야 했던 것은 내가 경험하지는 않았지만 그럼에도 내가 살고 있었던 과거였다. 80번의 여름과 80번의 겨울을 난 우리 집 단풍나무와, 우리 모르게 계단 밑에 살고 있었던 종이 가족들이 보낸 시간.

정확히 이 년 전 오늘 그 단풍나무가 쓰러졌다. 살얼음이 얼고 거센 바람이 불어 집 지붕이 날아갈 뻔한 어느 날 저녁에 일어난 일이다. 지금 단풍나무 그루터기는 작고 하얀 버섯으로 조용히 뒤덮여 있다. 그루터기를 뽑아내고 새 나무를 심을 계획이지만 나는 여전히 단풍나무 유령의 그림자 아래서 글을 쓰고 있다.

***

어렸을 때 나는 내가 어린 도시에 살고 있다는 것을 아주 분명하게 인식하고 있었다.

내가 태어난 지 얼마 안 되어 우리 가족은 캅 루주 구역의 리비에르 거리로 이사했다. 몇 년 전만 해도 리비에르 거리는 존재하지 않는 거리였고 우리 가족이 살 집은 전에는 아무도 산 적이 없는 작은 조립식 주택이었다. 나는 집이 조립식이라는 것에 놀랐다. 나무 조각으로 건물을 짓는 장난감처럼 실내에서 조립된(더 큰 집에서 우리 집을 조립했다는 뜻일까?) 집이었다. 우리가 이사 오기 전에는 아무것도 존재하지 않았다는 사실이 현기증을 일으켰다. 우리를 그곳에 잡아두는 것은 아무것도 없었다. 우리는 어느 때고 영원히 날아가버릴 수 있었다. 그런데 당시 나는 내 여동생이 집에서 멀지 않은 곳에 묻혀 있다는 것을 분명히 알고 있었다.

여동생의 방은 우리 집의 안방 역할을 했고 엄마와 나는 거기서 아무 말 없이 텔레비전만 봤다. 가끔 감전이 된 것처럼 정신이 번뜩 들 때가 있었다. 동생이 이 방에서 살았고 꿈도 꾸었을 텐데 이제는 흔적조차 없다. 완전히 사라져버렸다. 침묵이었다.

어렸을 때 나는 책이나 집, 그림, 조개껍질 등의 표면을 긁어 그 아래 무엇이 잠들어 있는지 알아내려고 애썼다. 분명 이 세상 아래 눈에 보이지 않는 뭔가 다른 것이 존재할 것이라 생각했다. 고대 도시에서 발굴한 부서질 것 같은 유물을 아주 가는 붓으로 쓸어내듯 조심스럽게 발견해야 할 것이 있으리라 생각했다.

이미 오래전부터 에밀리는 더는 정원에 나가지 않고 집 안에만 머물렀다. 그러다가 얼마 안 있어 거의 종일 방 안에서만 지냈다. 손님이 찾아오면 에밀리가 맞이할 때도 있었지만 그럴 때는 병풍 뒤에 있었다. 아무것도 없는 방에 손님과 에밀리가 칸막이를 사이에 두고 앉아 서로 벽을 마주하며 대화를 나눴던 것이다.

에밀리를 찾는 손님은 많지도 않았지만 다시 찾는 손님은 거의 없었다. 고해실에 가는 것을 누가 좋아하겠는가! 그런데 개중에는 눈에 보이지 않는 상대방에게 묘한 친근감을 느끼고 한 번도 해본 적이 없는 생각들을 입 밖으로 쏟아내는 사람들이 있었다. 그런 사람들도 집을 나설 때는 약간의 수치심과 동시에 왠지 기만당한 듯한 느낌을 받았다.

에밀리는 그런 자신의 행동에 용서를 구하기 위해 작은 선물을 보내기도 했다. 은방울꽃, 장미꽃 봉오리, 새하얀 클로버처럼 아이들이나 떠올릴 만한 것들이었다. 때로는 황금빛 셰리주 한 잔을 보내기도 했다.

바깥 출입을 멈췄던 이 시기에도 에밀리는 정원을

버려두지 않았다. 정원이 에밀리를 따라 방으로 들어온 것이다. 이제 방에서 꽃이 피었다. 오만한 남자들은 에밀리가 사람이 아니라 꽃과 함께 살기로 선택한 것에 놀라워했다.

에밀리 디킨슨이 인생 후반을 은둔 속에서 보냈다는 사실에 사람들은 초인간적인 위업처럼 놀라워하는데, 이미 말한 바 있지만 우리는 더 많은 작가들이 그렇게 살고 있지 않다는 사실에 놀라야 한다. 초인간적인 위업이란 오히려 의미 없는 일상을 의무적으로 영위하는 것이다. 그렇지 않은가? 오직 책과 함께하는 사람이 기꺼이 사람과의 접촉을 그만두기로 선택한 것이 왜 놀랄 일인가? 스스로에 대한 굳건한 확신을 가진 사람만이 항상 자신을 닮은 것에 둘러싸여 사는 삶을 선택한다.

에밀리는 열다섯 살 때 그랬던 것처럼 꽃으로만 이루어진 책을 만들고 싶었을 것이다. 하지만 이제 에밀리는 백지로 만든 정원에 산다. 나비를 꽂듯 종이 위에 글자를 꽂고 새처럼 펜으로 종이를 쪼았다. 그의 시는 절반 이상이 박새로 이루어져 있다. 나머지 절반은 과꽃이고, 불타는 석양의 가슴팍이자, 거대한 영원의 주머니이며, 침대 가까이에서 꿈꾸고 있는 수많은 성경 구름이다.

나는 가능성 안에 산다 —
산문보다 더 좋은 집이다 —
창문도 많고 —
문도 — 훨씬 좋다 —

에밀리 디킨슨 사후 이름을 알 수 없는 독자에게 보낸 세 통의 긴 편지가 오랜 세월과 부모의 염려와 유품을 정리하러 온 출판사의 손길에서 살아남았다. 혼란스럽고 격정적인 편지였다. 누군가에게 보낸 편지의 초안은 아니었을까? 아니면 다 썼지만 보내지 않고 그냥 간직하고 있었던 것은 아닐까? 어쩌면 처음부터 누군가에게 보내려고 쓴 것이 아닐 수도, 수신자가 실재하는 존재가 아닐 수도 있다. 에밀리 디킨슨과 관련된 모든 것이 그렇듯 의문에 답을 줄 실마리는 많지 않다. 그러니 각자 자신이 원하는 답을 고르면 된다. 나는 이 독자가 존재하지 않는 인물이라고 생각한다.

에밀리 디킨슨은 독자를 창조하고 싶었을 테지만 성공하지 못했다. 그래서 독자를 절대 용납하지 않았다.

시를 적은 종이들, 계피, 초콜릿, 씨앗, 밀가루, 설탕 봉지 조각으로 책상 서랍이 넘쳐났다. 에밀리는 같은 종류끼리 모아 작은 책을 만들기로 결심했다. 먼저, 한눈에 볼 수 있도록 책상 위에 모두 펼쳐놓았다. 곧 책상이 꽉 찼다. 의자와 벽난로 선반에도 몇 장을 놓았다. 결국 방바닥까지 종이가 깔렸다. 에밀리는 거대한 퍼즐을 맞추듯 종이가 서로 겹치지 않도록 조심하며 나란히 놓았다.

방이 시로 꽉 찼다. 에밀리는 발끝으로 아주 조심조심 그 사이를 걸었다. 얼어 있는 호수를 걷듯, 행여라도 자신의 무게로 깨질까 두려워하며.

종이를 모두 펼쳐놓은 후에는 서서 자신의 시들을 한참 내려다봤다. 혹시 바람이라도 분다면? 어디서 불똥이라도 날아온다면?

에밀리는 몸을 숙여 아무거나 하나 집어 들고 방금 집은 시의 형제나 사촌을 찾았다. 방 끝에 있었다. 마음에 들었다. 손에 두 개의 시가 쥐어졌다. 세 번째 시를 찾아야 했다. 하지만 만만치 않다. 두 번째 시와 잘 어울려야 하고 첫 번째 시와도 속삭일 수 있어야 한다. 시가 많을수록 당연히 어려움은 배가 된다. 두 시간 후 열다섯 편 정도 골랐을 때 포트와인을 마신 것처럼 머리가 어지럽기 시작했다. 에밀리는 남은 시들을 조심스럽게 다시 모았다. 내일 다시 시작할 것이다.

밤에는 작업이 훨씬 더 어려웠다. 언변이 화려하고 성격이 유쾌한 시가 없기 때문이다. 파티에서 모든 사람들과 편하게 대화하는 활달한 사람처럼, 기꺼이 다른 시와 섞이고 싶어하는 시가 없다는 뜻이다. 작업이 진행될수록 무뚝뚝한 시들만 남는다. 밤송이처럼 가시가 있어 다른 시와 절대 어울릴 수 없는 것들이다. 얼마 안 있으면 이렇게 에밀리를 닮은 시만 남게 될 것이다. 소수의 고독한 존재들.

한 주가 흐르고 에밀리는 문제를 직면했다. 힘겹게 정리한 시를 다시 흩뜨리고 처음부터 시작해야 했다. 그리고 몇 주가 흘렀다. 또 몇 달이 흘렀다. 모든 시에 집과 가족을 찾아주는 데 거의 일 년이 걸렸다.

***

이렇게 정리한 시로 에밀리는 몇 십 쪽짜리 소책자

여러 권을 만들었다. 라비니아에게 반짇고리를 빌렸다. 바늘에 실을 꿰고 손가락에 은골무를 끼고 한 땀 한 땀 아주 정성스럽게 꿰맸다. 세상에 단 하나밖에 없는 시집이었다.

소책자fascicule라는 말은 자신의 방에서 아무도 모르게 지금까지 모아놓은 친필 원고를 엮은 얇은 책을 일컫지만, 약국에서는 한 팔을 구부려 그 안에 들어가는 약초의 양을 말한다. 약 열두 줌 정도 된다.

소책자는 책이 되기 전에 병을 낫게 해주는 약초 한 다발이었다.

에밀리 디킨슨과 서신 왕래를 하는 한 사람이 한번은 어떻게 시가 존재하는지 알 수 있느냐고 물어본 적이 있었다. 시인은 이렇게 답했다.

"책을 읽을 때 몸이 얼어붙는 경우가 있어요. 어떤 불도 내 몸을 녹이지 못할 정도로 몸이 얼어붙을 때, 시의 존재를 느껴요. 또 누가 내 머리를 잡고 뽑아버리는 것 같은 느낌을 받을 때도 시를 느낄 수 있어요. 오직 이 두 가지가 시가 있다는 것을 아는 저의 방법이에요. 또 다른 방법이 있나요?"*

에밀리 디킨슨은 시가 얼음이라고 했다. 백오십 년 후 레너드 코헨은 시는 재라고 했다. 얼음이든 재든, 시는 불과 반대다.

***

모든 시에 죽음이 자리하고 있다. 죽음뿐 아니라 죽

* 1870년 히긴슨에게 보낸 편지.

어가는 순간, 정지된 최후의 순간 역시 에밀리 디킨슨의 시에서 반복되는 운율이다. 눈 폭풍 속의 눈송이가 내려오다가 벌써 구름이 그리워서 다시 하늘로 올라가는 순간, 6월의 해가 떨어질 때 시간이 멈춘 것 같은 느낌의 순간, 목을 맨 시체가 줄 끝에서 창백하게 흔들리는 순간…… 그런 순간들이다.

일 년도 안 되어 에밀리의 아버지와 어머니가 차례로 세상을 떠났다. 이제 홈스테드에는 라비니아와 에밀리만 남았다. 라비니아에게는 고양이들이, 에밀리에게는 카를로가 있었다. 하녀인 마거릿도 남았지만 마거릿에게는 반려동물이 없었다.

아버지가 돌아가셨지만 에밀리는 한 번도 아버지의 묘지에 가지 않았다. 어디에서나 죽음을 애도할 수 있지만 에밀리는 슬퍼하는 사람이 아니다. 어느 날 묘지에 간 한 친구가 묘석 근처에서 네 잎 클로버를 발견하고 에밀리에게 선물했다. 에밀리는 친구의 선물을 조심스럽게 받았다. 친구가 떠난 뒤에도 한동안 작은 녹색 십자가를 들고 있다가 셰익스피어 전집 사이에 넣고 말렸다. 그 책 속에는 이미 열 개가 넘는 꽃과 식물이 들어 있었다. 에밀리 자신만을 위한 묘지였다.

이 시기에 에밀리가 남자를 만났다고 알려져 있다. 아마도 시인 인생의 유일한 사랑이었을 것이다. 실제로 열다섯 살 연상이자 에밀리의 아버지와 친분이 있었던 오티스 필립스 로드 판사가 끈질기게 구애를 했고 에밀리는 열정적인 편지로 그의 구애에 화답했다. 실제로 두 사람 사이에 혼담이 오고 갔는지는 모르겠다. 에밀리 디킨슨이 정말 애머스트를 떠나 자신의 자매나 마찬가지인 마녀들의 고장 세일럼에 정착할 생각을 했을까? 아니면 종이 인생을 창조하기 위한 마지막 노력을 기울이기로 결심한 것은 아닐까? 두 사람 사이에 무슨 일이 있었는지 말해줄 만한 것은 현재 아무것도 없다. 두 사람이 나눈 서신은 모두 파기되었고, 두서없는 서신 초고와 두 집안에서 대대로 전해 내려온 이야기만 남아 있다. 에밀리의 약혼자는 결혼식을 올리기도 전에, 첫날밤을 치르기도 전에, 그리고 세상이 그것을 알기도 전에 죽고 말았다. 에밀리는 과부가 되지 못했다.

이제 에밀리는 산 사람보다 죽은 사람을 더 많이 아

는 나이가 되었다. 소피아, 아버지, 어머니, 그리고 금발 곱슬머리 길버트는 푸른 풀 아래 땅속에 누워 있다. 땅에는 사람이 점점 줄고 하늘은 북적이기 시작했다.

아버지와 어머니는 틀림없이 천상의 긴 식탁에 앉아, 늘 그렇듯 엄격한 얼굴로, 이번에도 늦는 아이들을 기다리고 있을 것이다.

며칠 전부터 에밀리는 베개에 누우면 종소리를 들었다. 평생 신을 의심하며 살아왔는데 이제 머릿속에 성당이 자리한 것이다.

에밀리는 항상 누군가 자신을 따라다닌다는 느낌을 받았다. 어렸을 때 그 사람을 유인하기 위해, 피아노 의자에 앉아 다리를 달랑거리며 음계 몇 개를 치고 재빨리 뒤를 돌아봤다. 하지만 누구도 보이지 않았다. 정원을 걷다가 나무 옆에서 갑자기 멈춰 걸어온 길을 한참 쳐다보기도 했다. 그래도 보이지 않았다.

그 사람은 거리에서 집들이 만들어낸 그늘을 따라 에밀리 뒤에서 걸었다. 에밀리가 감자를 가지러 지하 창고에 내려갈 때도 따라갔다. 에밀리가 목욕을 하면 목욕통 옆에 앉았고, 에밀리가 침대에 들면 함께 면이불을 덮고 누웠다. 책을 읽을 때는 같은 책의 같은 페이지를 함께 읽었다. 어쩌면 에밀리에게 좋은 일인지도 모른다. 항상 곁에 친구가 있는 것이니까.

둘은 함께 창가에 서서 하늘을 올려다보았다. 달은 없고 별들만 밝게 빛났지만, 어찌나 잘 보이는지 망원경을 통해 보는 것 같았다. 별자리들이 하늘에 낯익은 그림을 그려놓았다. 강과 하천과 마을과 사막이 있는 지도였다. 하늘 한쪽에, 하얀 자갈이 깔린 길 끝에 린든이 반짝이고 있었다.

에밀리와 죽음. 두 존재가 함께 손을 잡고 하늘로 올라갔다. 5월이었다.

에밀리 디킨슨의 사망 증명서에는 '직업'이라는 글자 옆에 누구도 부정할 수 없는 확실한 필체로 '집'이라고 적혀 있다.

## 린든

린든은 녹색과 황금색, 클로버와 꿀로 일렁이는 마을이다.

커튼이 열려 있는 작은 집에 소피아와 길버트가 산다. 영원히 열다섯, 여덟 살인 두 아이는 생강 쿠키와 따뜻한 우유로 점심을 먹는다.

개들이 자유롭게 거리를 뛰어다닌다. 모두 사랑을 받다가 죽은 개들이다. 가까운 곳에 바다가 있다. 파도 소리는 들리지만 바다를 본 사람은 없다.

린든에서 에밀리는 방 밖으로 나와 계단을 내려가, 종이 집 문턱을 넘어 거리로 나온다. 진홍색 옷을 입고 한낮의 햇살을 받으며 걷는다.

## 작가의 말

애머스트의 인구와 시카고의 인구를 비교하는 아이디어는(비교 시기는 달랐지만) 로저 런딘에게서 빌려온 것이다. 그의 저서《에밀리 디킨슨, 믿음의 예술Emily Dickinson and the Art of Belief》에서 시인의 인생에 일어난 몇 가지 사건을 가져왔다. 리처드 B. 수얼의《에밀리 디킨슨의 삶The Life of Emily Dickinson》과 에밀리 디킨슨 자신이 편지에 나오는 일화들 역시 이 책의 소재가 되어주었다. 나의 상상의 결실인 것도 있다. 만약 독자들이 이를 구분할 수 없다면 잘된 일이다.

나딘 비스무트는 원고를 가장 먼저 읽어주었고 프랑수아 리카르는 소중한 의견과 조언을 아끼지 않았다. 지난 십 년 동안 변함없는 믿음과 지지를 보내준 앙투안 탕게에게 고마움을 전한다. 부엉이 의회와 나비 만화경에 대해 알려준 라파엘 제르맹에게도 감사한다.

**옮긴이 임명주**

한국외국어대학교 불어과와 같은 대학교 통역대학원 한불과를 졸업했다. 옮긴 책으로 피에르 미숑의《아들 랭보》, 마리 다리외세크의《여기 있어 황홀하다》, 폴 모랑의《밤을 열다》, 미셸 뷔시의《그림자 소녀》《절대 잊지 마》 등이 있다. 현재 출판 기획 및 번역 네트워크 '사이에'에서 활동하고 있다.


## 종이로 만든 마을

**1판 1쇄 인쇄** 2023년 4월 19일 **1판 1쇄 발행** 2023년 4월 28일

**지은이** 도미니크 포르티에 **옮긴이** 임명주
**펴낸이** 고세규
**편집** 이승현 정혜경 **디자인** 조은아
**마케팅** 이헌영 **홍보** 반재서 이태린
**발행처** 김영사
**주소** 경기도 파주시 문발로 197(문발동) 우편번호10881
**등록** 1979년 5월 17일(제406-2003-036호)
**구입 문의 전화** 031)955-3100 **팩스** 031)955-3111
**편집부 전화** 02)3668-3270 **팩스** 02)745-4827
**전자우편** literature@gimmyoung.com
**비채 블로그** blog.naver.com/viche_books
**인스타그램** @drviche **트위터** @vichebook
**ISBN 978-89-349-4231-3 03860** 책값은 뒤표지에 있습니다.

비채는 김영사의 문학 브랜드입니다.